国家出版基金项目
NATIONAL PUBLICATION FOUNDATION

20世纪人文地理纪实 第二辑
主编：杨镰

萍踪偶记

陈友琴／著　陈才智／整理

Pingzong Ouji

中国青年出版社

（京）新登字083号

图书在版编目（CIP）数据

萍踪偶记/陈友琴著；陈才智整理. —北京：中国青年出版社，2012.12
（20世纪人文地理纪实）

ISBN 978-7-5153-1182-1

Ⅰ.①萍…　Ⅱ.①陈…②陈…　Ⅲ.①游记–作品集–中国–当代
Ⅳ.①I267.4

中国版本图书馆CIP数据核字（2012）第255732号

*

中国青年出版社　出版 发行
社址：北京东四12条21号　邮政编码：100708
网址：www.cyp.com.cn
编辑部电话:(010)57350511　门市部电话:(010)57350370
三河市世纪兴源印刷有限公司印刷　新华书店经销

*

675×975　1/16　10.25印张　2插页　116千字
2012年12月北京第1版　2012年12月河北第1次印刷
印数:1—5000册　定价:20.00 元
本图书如有印装质量问题,请凭购书发票与质检部联系调换
联系电话：(010)57350337

《20世纪人文地理纪实》

总 序

20世纪，是人类社会进展最快的世纪。20世纪的通行话语是"变革"。

就中国而言，自进入20世纪，1911年"辛亥革命"为延续数千年的中国封建王朝的谱系画上了句号，1919年"五四"运动，新文化普及，1921年中国共产党成立，为现代中国奠定了基础。20世纪前50年间，袁世凯"称帝"、溥仪重返紫禁城，北伐、长征、抗日战争……直至1949年中华人民共和国成立，新中国受到举世关注。此后，特别是从"文化大革命"到改革开放，这些历史事件亲历者的感受，深刻影响了一代又一代人。

20世纪是中国进入现代时期的关键的、不容忽视的转型期，以20世纪前半期为例，1900年，"八国联军"践踏中华文明，举国在抗议中反思；1901年，原来拒绝改良的清廷宣布执行新政；1906年，预备立宪……以世界背景而言，"十月革命"，两次"世界大战"，成立联合国……1911年到1949年，仅仅历时30多年，中国结束了封建社会，经历了半封建半殖民地到社会主义的巨大跨越。反思20世纪，政治取向曾被视为文明演进的门槛，"不是革命就是反革命"，不是红，就是黑，一度成为舆论导向，影响了大众思维。

无可否认，在现代社会，伴随社会的进步、发展，中华民族的民主、科学精神逐步深入人心的过程，是中国历史最具影响力的事件，是可持续发展的推动力、中国现代时期的鲜明特点。

《20世纪人文地理纪实》则为这一影响深远的历史过程，提供了真实生动的佐证。

20世纪的丰富出版物中，一定程度上因为政治意图与具体事件脱节，人文地理著作长期以来未能受到充分关注，然而文学、历史、政治、文化、语言、民族、宗教、地理学、边疆学、地缘政治……等学科，普遍受到了人文地理读物的影响，它们是解读20世纪民主、科学思维成为社会主流意识的通用"教材"。

人文地理纪实无异于在社会急剧变革过程进行的"国情调研"，进入20世纪的里程碑。没有这部分内容，20世纪前期——现代时期，会因缺失了细节，受到误解，直接导致对今天所取得的成就认识不足。

就学科进展而言，现代文学研究是最早进入社会科学研究前沿位置的学科之一，《20世纪人文地理纪实》则为现代文学家铺设了通向文学殿堂的台阶：论证了他们的代表性，以及他们引领时代风气的意义。

与中华文明史、中国文学史的漫长历程相比，从"辛亥革命"到中华人民共和国建立，30多年短如一瞬间，终结封建王朝世系，弘扬社会主义精神文明，是现代时期定位的标志。

"人文地理"，是以人的活动为关注对象。风光物态、环境变迁、文物古迹、地缘政治……作为文明进步的背景，构建了"人文地理"的学术负载与阅读空间。

关于这个新课题，第一步是搜集并选择作品，经过校订整理重新出版。民国年间，中国的出版业从传统的木刻、手抄，进入石印、铅印出版流程，出版物远比目前认为的（已知的）宽泛，《20世纪人文地理纪实》的编辑出版，为现代时期的社会发展提供了参照，树立了传之久远的丰碑。否则，经过时间的淘汰，难免流散失传，甚至面目全非。

《20世纪人文地理纪实》与旅游文学、乡土志书、散文笔记、家谱实录等读物的区别在于：

人文地理纪实穿越了历史发展脉络，记录出人的思维活动，人的得失成败。比如边疆，从东北到西北，没有在人文地理纪实之中读不到的盲区。21世纪，开发西部是中国现代化可持续发展的重要内容。开发西部并非始于今天，进入了现代时期便成为学术精英肩负的使命：从文化相对发达的中原前往相对落后的中西部，使中西部与政治文化中心共同享有中华民族的丰厚遗产，共同面对美好前景。通过《20世纪人文地理纪实》，我们与开拓者一路同行，走进中西部，分享他们的喜怒哀乐、分担他们的艰难困苦。感受文明、传承文明。源远流长的华夏文明与中华民族的文化，不会因岁月流逝、天灾人祸，而零落泯灭。

《20世纪人文地理纪实》是20世纪结束后，重返这一历史时期的高速路、立交桥。

十年沧海寄萍踪

陈才智

《萍踪偶记》的作者陈友琴先生，是中国社会科学院文学研究所已故学者中享年最长者。《萍踪偶记》是他继《川游漫记》之后的第二部游记文集。鉴于目前读者对友琴先生已很陌生，出版物中亦难觅其详细资料，为知人论世，有必要介绍一下这位名字适与钱锺书成为对仗的前辈学者。

陈友琴（1902～1996）先生的前半生，已见拙撰《半载川游寄萍踪》。这里介绍其后半生。1953年，陈友琴奉中宣部之调，就职于北京大学文学研究所古典文学组。这一年陈友琴已经51岁。和文学研究所的许多先生一样，一家人住在中关园。文学所自1953年春成立之伊始，就荟聚了一批蜚声遐迩的优秀学者，在郑振铎、何其芳的主持下，酿就了宽松的学术环境，形成了浓厚的学术氛围。而古代组则是文学所首屈一指的大组，更是名家济济。因为与邓之诚①住处相距

①邓之诚（1887～1960），字文如，号明斋，室名五石斋。原籍江苏江宁，生于四川成都。曾祖是闽浙总督邓廷桢，协助林则徐查禁鸦片，抗击英军。祖父邓文基、父亲邓小竹，长期在四川和云南作官，也好文史。邓之诚就读于成都外国语专门学校法文科、云南两级师范学堂。毕业后任《滇报》编辑，1910年任昆明第一中学史地教员。辛亥革命后，积极参与反清革命活动和反袁护国运动。1917年任教育部国史编纂处民国史纂辑、《新晨报》总编辑。1921年起，任北京大学史学系教授，并先后兼任北平师范大学、北平大学女子文理学院、辅仁大学和燕京大学教授。1931年起，任燕京大学历史系教授兼北平师范大学和辅仁大学史学教授。1941年冬与洪煨莲等被日本军逮捕入狱，翌年获释。出狱后，惟靠鬻字、典当、借贷以维持一家生活，拒绝替日伪工作。抗战胜利，燕京大学复校，才重新回校任教。1952年院系调整，入北京大学历史系专任明清史研究导师。曾任中国科学院哲学社会科学部历史考古专门委员。

不远，所以陈友琴常到邓之诚家去作客，讨教治学的经验。邓是著名的历史学家，时任北京大学历史系教授，专攻明清史研究，收藏的清代诗集、文集、史集很多，给陈友琴的研究提供了方便。陈友琴很敬佩邓之诚，认为他是一个读书人，治学谨严，学问踏实，知识渊博，乐于帮助志同道合的人。事隔多年，每谈起此事，犹深深感怀于其真诚与亲切。陈友琴认为，邓之诚的遗著《清诗纪事初编》①是那个时期最有参考价值的成果。《清诗纪事初编》共八卷，是邓之诚晚年根据自己一生先后访得的700余种顺、康时人诗文集整理爬梳而成，著录清代诗人总数多达622家②，诗2000余首。本黄宗羲以诗证史之说，不限名家，贵在诗能记史外之事。所有诗人名下都附有相当详细的一个小传，介绍其生平和著作版本，既是一部清代诗歌文献的阶段性总结，同时也兼及诗歌史上的相关流变与个体特征。③

1954年3月1日，当时的文化部副部长兼中国作家协会古典文学部部长郑振铎与副部长冯雪峰、聂绀弩、何其芳、陈翔鹤等提议，中国作家协会党组决定，由作协古典文学部和北京大学文学研究所主办，在《光明日报》上设置学术副刊"文学遗产"，文学研究所余冠英和陈友琴二人被推为编委。④这并非虚衔，陈友琴投入了大量精力

---

① 《清诗纪事初编》，中华书局上海编辑所，1959年12月第1版；1965年11月版。上海古籍出版社，1984年2月版，利用旧纸型重印，并订正了一部分舛误，编列了一个人名索引，为新1版。
② 《前言》、自序等处所说"六百家"为泛言。
③ 参见卞孝萱《邓之诚"诗证史"的理论与实践》，《燕京学报》新13期，北京大学出版社，2002年11月；又改题《邓之诚与〈清诗纪事初编〉》，收入《现代国学大师学记》，中华书局，2006年10月。
④ 1958年年初，《文学遗产》编委会有部分调整，增补了外地学者，陈友琴继续任编委。

参与刊物的审稿和编辑工作。1954年9月,《文史哲》(月刊)第九期发表李希凡、蓝翎《关于〈红楼梦简论〉及其他》,批判俞平伯在《红楼梦》研究中的唯心主义观点。毛泽东看到该文后,给予重视和支持,把问题提到同资产阶级唯心论作斗争和是否"甘心作资产阶级的俘虏"的高度。1954年10月16日,毛泽东给中共中央政治局的同志和其他有关同志写了《关于红楼梦研究问题的信》①,号召对俞平伯、同时对胡适的唯心论展开批判。10月底至12月上旬,中国文联和作协主席团先后召开八次扩大联席会议,批判《红楼梦》研究中资产阶级的唯心论倾向。在这一形势下,陈友琴也撰写了《俞平伯先生的趣味主义及其他》,刊载于《光明日报》1954年11月7日《文学遗产》28期。11月25日至12月27日,文学研究所又连续召开六次批判俞平伯《红楼梦研究》、《红楼梦简论》的会议。内容尚在学术思想和研究方法方面,如"色空"说,"微言大义"说,"反看"说。结合对《红楼梦研究》的批判,12月20日,文学研究所进一步对研究方针、任务、工作进行检查。群众指出所内存在"片面强绸系统研究,忽视有关现状","研究工作脱离政治","没有反映过渡时期的历史特点"等倾向。又批评何其芳对老专家片面强调"团结"、"照顾"。这场学术批判,是建国以后政治第一次大规模地介入学术。55年以后,有人评价说:"这一场被纳入政治轨道的学术批判运动,不仅对其后红学的发展产生了深刻影响,而且导致了哲学、社会科学、人文科学的学术品格的失落,学术失去了自身的目的,沦为政治的附庸。这一场批判,既是被批判者的悲剧,也是批判者的悲剧,对于红

①《毛泽东选集》第五卷,人民出版社,1977年4月,第134~135页。

学，对于中国学术，更是一个悲剧。"①但也有人说："这场斗争看似轰轰烈烈、万马千军，实际上刚一排开阵势俞平伯一个回合都没有招架便投降了，交出了一份《坚决与反动的胡适思想划清界限》的检讨，说了一句'我的心情是兴奋的'便完事，只是获胜的一方追杀了九个月而已。"②不管怎样，今天读陈友琴《俞平伯先生的趣味主义及其他》一文，对我们了解当年这段公案还是大有帮助的。

1955年，陈友琴加入中国作家协会。1956年，文学研究所隶属关系由北京大学转到中国科学院。③这时，文学研究所已发展到119人。④文学所附设在北京大学时，北京大学放寒暑假，文学研究所也相应有一二十天休假，划归中国科学院后就取消了。但那是一个斗志昂扬的年代，好像没有谁会在意这一点，研究人员与行政人员统一上下班，一同参加民兵训练、群众性欢迎外宾等各种活动。⑤1956年2月24日，中央政治局发出《中共中央关于知识分子问题的指示》，随后，中国科学院进行了第一次职称等级的评定。文学研究所只有钱锺书、俞平伯、何其芳三人被评为一级研究员，陈友琴评为六级副

①石昌渝《政治介入学术的悲剧——对一九五四年批判俞平伯〈红楼梦研究〉的思考》，《文学遗产》1989年第3期。
②胡明《"红学"四十年》，《文学评论》1989年第1期。
③1955年9月，中宣部批文，同意文学研究所正式划归中国科学院领导。1956年1月，文学研究所在领导关系上正式转为隶属中国科学院。
④据文学研究所1958年8月编印的《中国科学院文学研究所概况（1953年~1958年）》。
⑤直到1962年8月9日，《中国科学院文学研究所改进工作的意见》（修订稿）完成，才明文规定："取消研究人员的统一上下班制度"。"研究人员同编辑人员可以不参加民兵训练活动，不参加群众性欢迎外宾活动。行政办公室和所内外其他工作机构，工作人员，不经过所领导的批准，不得耽误研究人员的工作时间，派他们进行研究工作以外的活动。"

研究员。1956年7月，中国作家协会古典文学部撤消，其主办的《光明日报》副刊"文学遗产"（周刊）正式改由中国科学院的文学研究所主办，陈翔鹤继续担任主编。1956年秋，文学研究所由北京大学迁至中关村，陈友琴继续在古典文学组从事研究。同年12月17日至25日，文学研究所就本年度的研究成果中，提出两组论文，在北京大学临湖轩召开第一次全所的科学讨论会。一组是关于鲁迅的论文；另一组是关于《红楼梦》的论文，有何其芳的《论〈红楼梦〉》和曹道衡的《关于黄宗羲、顾炎武、王夫之等人的思想及其与〈红楼梦〉的关系》（何其芳审阅初稿）。1958年3月，因"哲学社会科学学部"（简称"学部"）已成为独立的单位，由中宣部直接领导，因此，文学研究所副所长何其芳、党支部书记唐棣华向中国科学院党组递送请示报告，请求"除在行政上仍隶属于中国科学院，由科学院和哲学社会科学学部在各方面继续领导而外，在政治、思想、业务方面同时请中央宣传部直接领导"（中国科学院档案处藏档案）。从此，文学研究所的工作步调开始同中宣部协调起来，成为名副其实的意识形态部门。不仅日常研究要密切配合现实，而且中、长期工作也纳入规划中。

1956年全国科学规划会议召开，1月至3月，文学研究所讨论通过《关于发展文艺科学和培养文学研究人材的十二年计划的初步意见》及《文学科学远景规划草案》，所长郑振铎提出编写大文学史的要求。1957年2月，为了配合大文学史的编写，中国古典文学组和中国文学史组改组为先秦至宋和元明清文学两个研究组。那是一个知识分子欢欣鼓舞的春天，一个百花齐放的春天。只是好景不长，随后就是整风、反右，"拔白旗，插红旗"……春尽秋来雨未已，幸好这一切是慢慢到来的。1958年8月，文学研究所已有研究人员68人，编辑人员18人，助理业务人员23人，行政人员16人，共125人。[①]1958年10月18日，正在文学研究所召开第四次郑振铎学术批判会之际，郑振铎率领的访问阿富汗王国和阿拉伯联合共和国的中国文化代表团飞机遇难的噩耗传来，当时郑振铎正值六十耳顺之年。嗣后，由何其芳继任文学研究所所长。[②]1958年10月底，正当大跃进如火如荼，一颗颗高产卫星上报的时候，陈友琴同杨绛、钱锺书、罗大冈、李健吾、王芸苼等到河北昌黎，参加为期两三个月的下乡锻炼，过五关（劳动关、居住关、饮食关、方便关、卫生关），"接受社会主义教育，改造自我"。1958年秋，文学研究所又一次进行研究人员职称等级的评定工作，陈友琴仍为六级副研究员。这一年秋冬之际，文学研究所由中关村迁至建国门，不久成立了资料室，由吴晓铃兼任主任，陈友琴兼任副主任，1959年4月由路坎接替。何其芳的设想是要把资料室办成全国的"资料库"，要为全国从事文学研究的工作者、大学教师、中学语文教师和大学中文系的学生服务。而且不但收集国内的，还要收集海外汉学家研究中国文学的资料。1960年2月9日，周扬到文学研究所考察工作时，也提出"研究所要大搞资料，文学所要有从古到今最完备的资料"。在这一思想领导下，文学研究所资料室从百余种报刊中挑选重要论文，按专题和作家作品分类剪贴，迄今已积累5000余册的剪报资料。同时开始"大型文学评论目录索引"的资料收集工作。时间从1901年至1949年10月，跨度大约50年。另从1949年10月

①据文学研究所1958年8月编印的《中国科学院文学研究所概况（1953年～1958年）》。

②1959年7月6日正式任命，见王平凡《深切怀念老所长郑振铎、何其芳同志》，收入《岁月熔金：文学研究所五十年记事》，中国社会科学出版社，2003年5月，第11页。

至1959年10月跨度为10年，前后共60年。后来出版了《中国古典文学研究论文索引》五册。[1]

陈友琴的代表作《白居易诗评述汇编》，就是在当时要加强文献资料的收集和整理这一思想指导下展开的。请参见拙撰《陈友琴先生古典文学研究述论》（《文学遗产》2009年第4期）及《〈白居易资料新编〉刍议》（《北京联合大学学报》2011年第1期）。围绕《白居易诗评述汇编》的编撰，陈友琴先后撰写了一系列研究论文，其中比较重要、影响较大的是《白居易作品中的思想矛盾》、《白居易诗歌艺术的主要特征》这两篇长文。20世纪50年代中后期至60年代初，短短的几年时间里，国内涌现出多部用马克思主义理论来研究和分析白居易及其创作成就的传记类著作。陈友琴撰写的《白居易》是其中出版较晚的，收入《古典文学基本知识丛书》，1961年12月，由中华书局上海编辑所出版。尽管只有3.6万字，却是影响广泛的普及读物，多次重印。[2]这是论说相对平实而准确的一部白居易传，在介绍

[1]《中国古典文学研究论文索引1949年10月~1966年6月》，中华书局，1979年11月；《中国古典文学研究论文索引1966年7月~1979年12月》，中华书局，1982年5月；《中国古典文学研究论文索引1980年1月~1981年12月》，中华书局，1985年10月；《中国古典文学研究论文索引1982年1月~1983年12月》，中华书局，1988年9月；《中国古典文学研究论文索引1984年1月~1985年12月》，中华书局，1995年7月。

[2]中华书局上海编辑所，1965年12月第2版，3.8万字，有所修订；上海古籍出版社，1978年5月新版第1版，1982年1月第2次印刷，4万字，收入"中国古典文学基本知识丛书"；台北：群玉堂出版事业有限公司，1978年5月第1版；日本：日中出版社，1985年3月（昭和60年），山田侑平译本，收入"中国古典入门丛书7"；台湾：国文天地出版社，1992年；上海古籍出版社，1998年6月，将其与龚克昌、彭重光《白居易诗文选注》（上海古籍出版社，1984年1月）合订为《白居易及其作品选》；又有《唐代五大文豪》本。

生平的同时，也以专节分析评价代表作《长恨歌》、《秦中吟》、《新乐府》、《琵琶行》。其评述扼要简洁，语言通俗易懂，注释详细精当，而且在学术层面上，吸收前此著作成果的同时，避免了一些过于平面化、简单化的论断，因此今天看来，仍不失为一部值得推荐的白氏小传。

　　1959年4月10日，《文学评论》第一次编委会在北京召开，余冠英、陈友琴借便邀与会的夏承焘至文学研究所参观。[①]上个月，文学所资料室刚刚购得高鹗批改的《红楼梦》稿本，引起大家的格外关注。同观者还有何其芳、陈翔鹤等。[②]因为文学研究所已由中关村迁至建国门，所以，1959年5月15日，陈友琴也和许多同事一样，自中关园搬入东四头条胡同一号学部宿舍。邻居有余冠英、钱锺书等。这一年春季，中央书记处下达任务，资料室副主任陈友琴从何其芳那里接受了编辑《不怕鬼的故事》一书的初选工作。这本书是毛泽东交给何其芳的任务，主要是针对当时国内外的反动势力和国内的天灾人祸，鼓励、教育全国人民不要怕世上的各种妖魔鬼怪。此书从我国古代的史传、笔记小说等书籍中选出若干有代表性的传说故事，表现了不怕鬼、不信神、不惧邪的思想，成为当时破除迷信、解放思想运动中的一件大事。在一次中央工作会议上，毛泽东从中选了一部分故事，印发给到会同志。嗣后，又指示将编成的初稿精选充实，由何其芳撰写序文，公开出版。[③]序文的初稿完成后，毛泽东两次约见何其芳，并亲自修改序文。1961年1月24日，序文定稿后，毛泽东又作了

①1946年，陈友琴任之江大学国文系讲师时，夏承焘任浙江大学文学院国文系主任。
②见《夏承焘集》第七册《天风阁学词日记》，浙江古籍出版社、浙江教育出版社，1998年，第1082页。
③《不怕鬼的故事》，人民文学出版社，1961年2月第1版，1978年10月第2版。

批示，要求在2月间出书，序文在《红旗》和《人民日报》发表，序文的英文稿在《北京周报》发表。何其芳主持该书编选工作，古代组胡念贻、乔象锺、曹道衡、邓绍基等参加编写，陈友琴作了具体的编辑、注释工作。在酌定篇目、释文过程中，俞平伯、余冠英、钱锺书、孙楷第分别予以指导。出版后，陈友琴赠出不少样书，广泛听取意见。沈从文很喜爱这本书，在书上密密麻麻写满了眉批与加注，还把这本眉批加注本转送回陈友琴。

1959年7月，陈友琴的第一部论文集《温故集》，在中华书局上海编辑所编辑、友人陈向平的鼓励和促成之下，由中华书局上海编辑所出版，这部13.9万字的集子收入《略谈〈长生殿〉作者洪昇的生平》等22篇札记、论文及考证文章，十有八九都在《光明日报》"文学遗产"专刊上发表过。除了前四篇是长文以外，其余篇幅都很短。其中与同行商榷之作颇多，正是当时学术界百家争鸣气氛的一个缩影。内容以唐诗（尤其是白居易）研究为多。这些或长多短的文章，是解放后作者学习运用马克思主义文艺理论研习古典文学，分析故书旧学的产物，所以名之为《温故集》。总体看来，集子中的大部分文章仍富有参考价值，可供今天的研究者温故而知新。

随着1959年"学术批判"运动的展开，由各高校大学生们集体编写的文学史纷纷出版，1960年年初前后，文学研究所也开始着手编写《中国文学史》，所长何其芳提出三点"基本要求"：（1）材料翔实；（2）论点妥当；（3）文字精炼。还要"有一定的见解"。[1]

① 据《文学研究所内部材料（1953~1965）》。参见邓绍基《三卷本〈中国文学史〉的编写经过》，收入《岁月熔金：文学研究所五十年记事》，中国社会科学出版社，2003年5月，第239页。

他特意请人翻译了《英国文学史》、《法国文学史》、《苏联文学史》的目录和泰纳《英国文学史·序言》作参考，要求学习苏联布罗茨基的《俄国文学史》的写法。1961年10月，列入《中国科学院哲学社会科学学部所属各所1961-1962年重点专著计划目录》的《中国文学简史》由人民文学出版社印出征求意见本，署名"中国科学院文学研究所中国文学史编写小组编写"，正式出版时才改名《中国文学史》。那时还没有抛弃大跃进时急躁的情绪，提出了"三年计划一年完成"的口号，还在全所大会上表了决心。尽管遇上"反右倾，鼓干劲"的运动，耽误了一些时间，但一年完成的设想基本上实现了。征求意见稿付梓后，编写人员分赴上海、南京、济南、河北和天津等地的高校和研究院所征求意见，初稿完成后，正是三年自然灾害中最困难的时候，编写组中不少人减了粮食定量，都有些浮肿。所领导考虑就这样坚持工作，恐怕很难完成，因此安排编写组到颐和园西边的中央党校招待所，集中修改文学史。在那里住，可以在食堂就餐。大约所里付一些钱，党校可以对每个人每月多供应几两肉和蔬菜。所以1961年那年，生活最困难的时候，编写组成员倒还过得去。在中央党校修改文学史，大约也整整花了一年时间，直到1962年春节以后才回到城里。三卷本《中国文学史》经过修改，一些偏激的评价被改正了，比1960年的稿子论点要平稳。[1]1962年4月，《中国文学史》出版内部铅印本，署名"中国科学院文学研究所中国文学史编写组编写"，1962年7月，在建所十周年之际，三卷本《中国文学史》由人民文学出版社正式出版。古代部分共三册，从上古写到鸦片战争（1840）为止。余冠英担任全书总负责人。18位同志参加编写。编

---

[1]见曹道衡《困学纪程》，辽宁教育出版社，2001年1月，第114页。

写说明里说，执笔时曾分为三个小组进行：上古至隋段（即第一册）由余冠英兼任主持人，胡念贻、曹道衡、刘建邦（1960年启动时下放在农村，修改定稿时参加）参加上古至隋段的编写工作；唐宋段（即第二册）由钱锺书主持，力扬、陈友琴、乔象锺、蒋和生、吴庚舜、王水照参加；元明清段（即第三册）由范宁主持，吴晓铃、陈毓罴、刘世德、邓绍基、梁共民、徐凌云参加。其实陈友琴不仅参加编写了唐代部分章节，也参加了清代的部分章节。这部文学史的总体特色是资料扎实，观点稳妥。出版后，被认为是"新中国成立以来文学史研究工作的一大收获"，在国内文学史界一直产生着较大的影响。《中国文学史》正式出版的第二年，陈友琴由六级副研究员提升为五级副研究员，工资由149．5元涨至177元。

1966年至1979年，陈友琴和其他学者一样，进入学术冬眠期。从发表《重读舒位〈瓶水斋诗集〉》一文（《光明日报》1965年6月13日《文学遗产》512期）以后，直到《略论清代初期诗坛上的南施北宋》（《河北师院学报》1979年第1期），国内再也找不到一篇公开发表的文章。"文革"期间，陈友琴还因所谓历史问题，受到留党察看处分，两年后解除处分。[①]1969年至1972年，前后三年，同在文学研究所其他人员一样，下放河南罗山、息县、明港等地的干校，接受劳动锻炼。在干校里，有一天，有人和钱锺书开玩笑：要他以钱锺书的名字，对一个"姓名对"。他们以为这是奇招，可以难倒他。谁知钱锺书连想都没想，脱口而出："陈友琴"。又有一天，一位从北京探亲回到河南息县干校的同志告诉大家：北京传说陈友琴已经死掉了。陈友琴听到以后大笑，立即写下一绝：

①参见徐兆淮《我在"文革"专案组的日子》，《炎黄春秋》2012年第4期。

中关园里传消息，道是琴庐早殒身。我在河南仰天笑，翻身戏作坠驴人。

钱锺书读了以后笑而和之：

严霜烈日惯曾经，铁树坚牢不坏身。海外东坡非蠠耗，祝君延寿八千椿。

从他们在困境下互相唱和的诗句，可以看出一种达观的态度。从干校回来后，陈友琴一家搬到西直门外皂君庙宿舍，住在一层楼。

1977年5月7日，中国科学院哲学社会科学学部独立建院，改称中国社会科学院。中国科学院文学研究所随之改称为中国社会科学院文学研究所。陈友琴继续任文学研究所副研究员。1978年4月，中国社会科学院文学研究所编《唐诗选》由人民文学出版社出版。该书是古代文学组承担的一个集体项目，1963年《中国文学史》出版后不久，即开始着手编选，陈友琴与余冠英、乔象锺、王水照参加了初稿的撰写，文学研究所始终作为重要的业务项目抓得很紧很细，选目和初稿曾经广泛征求所内外专家的意见，作为白居易研究专家，陈友琴执笔撰写了白居易等相关诗家部分，同时也批阅其他部分的初稿。他"在资料考订方面的严谨"，对《秦妇吟》注释初稿上的长篇批语，给参加编写的王水照留下深刻印象。[1]初稿于1966年完成，但是交到人民

---

[1] 见王水照《〈唐诗选〉编著工作的回顾》，收入《岁月熔金：文学研究所五十年记事》，中国社会科学出版社，2003年5月，第270页；又见2003年9月24日《中华读书报》。

文学出版社以后，即遇"文革"，只得长期被束之高阁。1975年进行了一次修订，陈友琴再次参与。最后，由余冠英、王水照撰写前言，付梓出版。这部《唐诗选》分上下册，共50.7万字，选诗人130余家，诗作630余首，是一部选择精当、分量适中、注释严谨、影响深远的唐诗选本，所以屡经重印。1993年获中国社会科学院优秀科研成果奖，2000年列入"大学生必读书目"。1978年9月，陈友琴参撰的另一部《唐诗选注》也由北京出版社出版，署名是"中国社会科学院文学研究所古代组、北京市维尼纶厂小组选注"。1979年11月，陈友琴与余冠英、周振甫、乔象锺整理校点的《乐府诗集》由中华书局出版，陈友琴参加了卷四十七至卷七十三的校勘和标点。如今，《乐府诗集》已成为学界专书研究的一大热点。

1980年3月，陈友琴的第二部论文集《长短集》由浙江人民出版社出版。这部22.9万字的集子收有《论杜甫对学习、继承和批评的看法》等比较长的论文22篇，其中有些是从陈友琴的第一部论文集《温故集》中收录的，另外还有比较短的小品36篇，题为诗文小语，附录《〈长恨歌〉辑评》、《琵琶亭诗话》，可以与《白居易诗评述汇编》相互参看，应该是后者早期分类编辑的产物，应当说更有利于专题研究。

1983年7月，陈友琴由五级副研究员被评为研究员，同时被评为研究员的还有当代室朱寨、理论室王燎莹二人。在此前后，他的研究重心开始向清代回移。1982年，他选编出版了《元明清诗一百首》[①]。宋振庭读后，以满腔热情，撰文给予很高评价（见1983年6月

---

① 《元明清诗一百首》，上海古籍出版社，1982年11月第1版，1984年6月第2次印刷。

28日《文汇报》）。李荒芜也写信给陈友琴说："选注很好，就是少了一些。"随后，陈友琴又全力投入选注《千首清人绝句》的工作。这是30年代上海开明书店《清人绝句选》的增订注释本。《清人绝句选》当年颇得学界好评，1953年他自杭州来文学所初谒何其芳，即以厚厚一册《清人绝句选》为贽，何其芳还鼓励他编一部《清诗选》。但陈友琴觉得，《清人绝句选》还不够完善，而且清代诗集汗牛充栋，一部广而精的《清诗选》非短时所能奏功，不妨退而求其次，先将旧著加以完善，在有生之年完成一部新的《千首清人绝句》，为清诗争一席之地。于是，已经年逾八旬的老人，除经常拄杖去图书馆查阅，更多的时间是伏案笔耕。长时间的写字，使他的右手食指都弯曲变了形，他的子女心疼地劝他歇一歇，他总是说："剩下的时间不多了，要赶啊！"[①]这本60.8万字的大书，历时数年，终于在1985年年底完稿。新稿在篇目上作了较大的调整，增选了一批作者，注释更加详尽，作家小传也多有修订。1988年5月，《千首清人绝句》由浙江古籍出版社出版。同年12月，他又编选了《元明清诗选注》，由北京出版社出版，共两册，选元明清诗人270家，诗歌666首。

1985年11月，陈友琴的第三部集子《晚晴轩文集》由巴蜀书社出版，书名取意于李商隐《晚晴》诗"天意怜幽草，人间重晚晴。"作者在"弁言"中说："我是从旧社会经历艰难困顿的境遇，翻腾磨炼过来的。如今真是'云开日出，有人欲天从之快'。晴窗之下，掇拾小文，名之曰《晚晴轩文集》。其中有论古代诗歌的，有谈文人轶事的，也有类似杂感随笔的，不名一体。读书札记较多，短小而并不

[①]见陈生健、陈小蕖、陈小琴《古典文学研究家陈友琴》，收入《南陵文化丛书·南陵史话》，作家出版社，2005年12月。

精悍。另外还附有旧体诗数首。"这部9．1万字的集子收有《关于清代重要诗人的评介——读张维屏〈国朝诗人征略〉》等论文或散文，以及读书札记和诗抄，这是他晚年最后一部结集的著作。

进入80年代，在集中精力著书之余，陈友琴也参加了一些学术交流活动。1980年秋，他参加了"日本茶道文化考察团"赴日本访问。1984年12月，在北京国际俱乐部参加《文学遗产》创刊30周年、复刊5周年庆祝大会。1986年5月8日，还和邓绍基、陆永品、乔象锺、吴庚舜、杨柳等，一道与中日人文社会科学交流协会第六次访华团代表举行学术交流会，由当时的文学研究所副所长马良春主持。1986年11月，陈友琴按司局级待遇离休。1991年10月，荣获国务院颁发的有突出贡献的专家特殊津贴。1996年5月17日，在北京病故，享年95岁。

陈友琴先生称得上是一位世纪老人，他的前半生献身于教育事业和报刊编辑工作，从小学老师、中学教员到大学讲师，从副刊编辑又到副校长，后半生则为古典文学研究呕心沥血，从清诗到白居易，再回到清诗，此外对杜甫等作家也作过深入研究。

最后简要介绍《萍踪偶记》。

据《卷头语》，《萍踪偶记》的书名，取意于"十年沧海寄萍踪"这一诗句；[①]不知是否受到此前邹韬奋的《萍踪寄语》（生活书店1934年出版）的启发或影响。这是陈友琴先生继《川游漫记》之后的第二部游记文集。1936年1月，作为"创作新刊"之一，由上海北新书局出版。其出版因缘是《青年界》组织的征文活动。陈友琴经常

---

①这句诗出自明代王恭的《初秋寄清江林崇高先辈》，见其《白云樵唱集》卷三。

在《青年界》上刊载文章。[1]作为上海北新书局的核心刊物，《青年界》至少进行了9次征文。其中第6次征文主题是"创作新刊漫评"，与陈友琴的《萍踪偶记》同时出版的还有六种文艺书籍，即沉樱的《一个女作家》，洪为法的《为法小品集》，赵景深的《琐忆集》，黎锦明的《夜游人》，庐隐的《火焰》《东京小品》，一律长型袖珍本，是北新书局的一次大手笔。

陈友琴的《萍踪偶记》收入18篇游记：《上天台》《杭江道上》《太湖》《偷闲一日在梁谿》《宣城杂忆》《山乡水国说池州》《成都印象记》《出剑门关记》《温泉峡和南泉乡》《帝乡》《都江堰与望丛祠》《川北农村一瞥》《忆阆中》《陶然亭》《庚午散记》《落星村》《两回奇遇》《到深山里去》。较《川游漫记》地域更为广泛，文学性也更强一些。

以上主要介绍写《萍踪偶记》一书的作者，至于《萍踪偶记》本身的特点和优长，已有书后赵景深（1902～1985）跋[2]的精当评价，读者诸君当自有卓识，笔者就不再饶舌了。只是书中原附铜版插图30余幅，无法在这里呈献给读者，不免略有遗憾。

本次整理《萍踪偶记》所用底本是中华民国二十五年（1936）一月上海北新书局初版的版本。

---

[1]如《诗三百篇与长短句》《白居易诗与唐代官市》《李天生论杜诗律》《杜诗"船"字之意义》《活字与死字》《绝句浅释》《杜甫〈六绝句〉浅释》《山乡水国说池州》均载《青年界》。

[2]此跋又收入赵景深《新文学过眼录》，广西师范大学出版社，2004年11月。

目录Contents

卷头语

我偶然因为某种关系，走过几处地方，但绝对说不上是游历；又偶因一时高兴，信笔留下一点涂抹的痕迹，但又绝对说不上是文章。现在竟能把所有涂抹的痕迹拿出来印这本小册子，真是一件"始愿不及此"的幸事。

常见一些年纪比我轻的朋友，在学校里写起文章来，总爱用"漂泊"或"流浪"等字眼，每期期以为不可的替他们改掉，因为他们实际上的生活并不是在那儿漂泊或流浪。记得我在少年时，也曾犯了和他们同样的毛病，真被辛稼轩"少年不识愁滋味"、"为赋新诗强说愁"等话头说破了！可是到了现在，自己的生活确乎是漂泊无定了，因为要糊口四方，身子便不由自主，于是想到"十年沧海寄萍踪"的句子，萍踪二字，比拟起"漂泊"和"流浪"的生活来，可算是"恰到好处"。而且人生无论什么事，都只是偶然如此，一行一动，一见一闻，没有一样，是例外的，这本小册子所以叫做《萍踪偶记》者，如此而已！

这里面的文字，有几篇已在杂志上（《青年界》《申报月刊》等）或报纸副刊上（《自由谈》和《民话》）发表过的，可是也有几篇是并未被任何人看见过的，把它搜集在一起，可以看见我的游踪所至，以及我和某某地方发生关系的经过。还有几篇在中学时代写的游记稿子，曾经在校刊上或学生杂志上发表过的，有宣城敬亭山、当涂采石矶、常熟虞山等，现在已寻不着了。后来在华北，到过的地方也不少，可惜太忙了，没有工夫也没有兴致写文章，所以都不曾留下什么痕迹来。本册的后面有几篇简直不像是游记，便让它不像是游记好了，横竖我也并不是在这里搜印游记文存。

助我完成这册小书的，有阎育新先生，替我拍了许多照片，赵景深先生，为我写了一篇很好的跋文。薛漱兰女士和吾妻蘅洲替我帮了不少抄写和整理的忙，合并在这里志谢。

廿四年七月二十日陈友琴于上海寓邸

001~019

第一章　上天台

1.

上天台

这一回上天台的，并不是什么刘晨和阮肇，所以桃源遇仙女那些个故事，在这里是再也不会有的了！请读者不要一见"上天台"三个字，便联想到《神仙记》中的记载，甚至联想到《西厢记》上说："呀！刘阮到天台！"

我们恰巧也是两个人（我和阎育新君），可不是姓刘的和姓阮的，彼此也绝没有遇仙女的梦想，只是要跑跑，跑到天台山顶上，拍几张照，寻几句诗，来消磨我们的春假，不愿老闷在鸽子笼式的上海衖堂内，把一点生人的趣味都一齐给抹杀了。

有了这一点小冲动，我们两人便决定出发，径向天台奔去了。

我们是趁轮船取道宁波而去的，经过奉化溪口，游了雪窦寺千丈崖等处。由溪口趁汽车过新昌及所谓九曲剡溪等处，一路上峰回路转，再加以幽壑清泉，山花野寺，真个是奇趣横生。可惜的是不能下车一一浏览，未免美中不足。

到天台城里，时为三月二十九日的下午，住在友人陈学培先生的家里。蒙他殷勤招待，我们是很为感激的。

下面七节，便是游天台的大概情形。

（一）由螺溪到高明寺

游天台山的人，大概都是从国清寺那条山路进山的，我和阎君，却要另辟蹊径，从"螺溪钓艇"绕道入山，原因是为的想不走重复路。并且导游人天台名胜区管理委员会委员徐卓群先生，也和我们同意，因此在三月三十日的那天清早，就向山里进发，撇开向国清寺去的大路，一直循着赴临海的汽车道走，走到拜头村，便转弯进山了。沿路也看了济公遗址、四果洞、万松径、蜈蚣吐珠、石赭溪几处小名胜，但没有什么特别好处可以记载的。

"螺溪钓艇"这地方，在古代不大为人们所称赏的，所以文人作品，自晋孙兴公（绰）的《天台山赋》，直到明代王太初王思任的游记和释传灯的山志，都未经提及。只有徐霞客的《游天台山后记》中，稍稍有了一些记述，才引起后人的注意。

当我们向"螺溪"去的时候，天气还好，不料走了十余里之后，山路越走越高，阴云越压越重，竟飞起微雨来，山涧里的泉水到处分流着，一步步都是崩崖裂石。有时也有几道长长的板桥横卧在水石上面，虽然这是人工，却也有入诗入画的佳趣哩。

循着石步级，一直攀上山去，有一处危石中分，恍如门阈，俗叫着石门坎，这时满耳皆潺潺之声，心知已快到螺溪了。再由小径折下，突见一怪石耸立，高十数丈，其形状颇像老笋，和四面的崖石，不相牵连，显现出特挺孤标的样子，苍苔乱草，蓊郁其上，其下为深涧，涧水自上面碧螺潭翻腾滚折而来，直冲捣这石笋的根脚，悬挂下去，便成了一道最雄伟而险峻的瀑布了。我们攀着藤，俯瞰下去，飞花溅雪，声如万马奔腾，真个为之目眩神骇，不敢久留。后来知道这儿仅是螺溪的中段，要看出所谓钓艇者，须到下面去看，我们再从所谓石门坎翻下，走到涧水峻急处，路断了，等轿夫向土人借了一块木板，搭在两石间渡过去，然后走到螺溪瀑布的下段。所谓"钓艇"，据说就是瀑布上首的那座石山，石山上从前有古藤下垂，仿佛是钓丝，现在藤是没有了，所以也不像什么钓艇。不过坐看飞瀑倾泻入潭，倒也十分有趣。

后来雨越下越大，我冒着雨踏着乱石，绕上螺溪最上层，看了一下碧螺潭，瀑布从石崖背后泻下，宛若一面极狭长的荧荧明镜，在门外闪烁，令人可望而不可即。摄了一影，仍循旧路出，在一个新造的亭子内休息了一回，于是下山，再向高明寺进发。

上高明山时，杜鹃花或红或紫，带雨垂珠，触目皆是。回看峰顶白云，如轻丝，如絮帽，飞来飞去，有时聚集多了，简直把整个峰峦都掩盖起来。爬上圆通洞左近，我们已喘息吁吁，汗流浃背了。圆通洞是由三大岩石堆垒而成的，有一很狭小的板门通入，里面住了一个和尚，正在抄经，据说此处是无尽灯大师注圆通疏的地方，洞内石色黑黝，有一面刻了"圆通洞"三字，是康熙乙亥蓬莱迟维培写的。洞的另一面，前对远山，下临深谷，清齐周华诗所谓"玲珑悟出山灵窍，洞外青枝尽宝幢"，就指的这里说的。次出洞，又看了一回伏虎石，和明玉大德笔冢，才进至高明寺用膳。伏虎石不过是一块虎形的石头，上面镌了"伏虎"二字；笔冢里埋了一枝明代和尚楛溪大师的写经笔，这和尚大概因为毛锥子葬送了他的一生，所以很惋惜似的要把它埋起来吧？倒也是一个有趣的和尚！

高明寺的建筑，在一幽壑里，四围是修竹丛林，钟楼高耸，梵唱声声，十分雅静。寺里藏有隋代天台开山祖师智者大师的袈裟一件，印度贝叶经一部，和尚为我们取出鉴赏了一回。据说还有一只智者大师的钵，业已失掉了。

此外，我在高明寺里发见了两件高明的事，一是住持僧可兴大做其六十高寿，客堂内满满地挂着血红色寿联，还有什么大学毕业生曾做过县长老爷的某君敬赠了八张似乎是古文的寿序。另一件事，是客堂的屏风上雕的花纹竟都是喜字，起初疑惑是我的眼花了，仔细一看，不是一个个的喜字是什么？我不禁为之哑然了！这是和尚要迎合俗人心理呢，还是俗人心理迷了和尚呢？古人诗有云："可惜湖山天下好，十分风景属僧家"，阿弥陀佛，善哉善哉！

（二）琼台双阙与桐柏宫

坐上山轿，向所谓"琼台双阙"进发，路过桐柏瀑布，下轿瞻仰一番。天台这一条瀑布，是最容易看见的，我们在公路上的汽车窗里就可以远远望到了，因为太显露了，所以没有什么好，我认为这是天台山上最平凡也是最下等的一条瀑布，无曲折，亦无气势，粗浅庸陋，毫无足观，我因此想到佳山川和好人才一样，深藏难见者必是最好的，显露易窥者，必定是较差的，或许竟是真理吧？

看了一会儿瀑布，废然离去，向"双阙"而进。既到所谓百丈坑，境界便顿觉不同，两面峰峦高插，遮日掩云；其下是一溪一径，倍形幽阒。溪名叫做灵溪，孙绰《天台山赋》中所说的"过灵溪而一濯，疏凡想于心胸"者，即此。山路新经修造，甚便行走，下轿步行看山，奇岩异石，真个是"移步换形"。有的如巾箱钟鼓，有的如虎豹熊罴。最妙的果然要算是双阙了，剑拔城开，排天而起，我们身临其下，翘首以观，被这伟大的巉岩摄住了，竟仿佛它要压倒下来的一般。

双阙的一面又叫做百丈岩，下面便是百丈坑，峭峻壮观，为天台最，昔徐大章已有定评。王季重云："万玉剖而璧明，万绣开而锦夺。昆仑嫡派，奴仆群山，仙或许之，人不能到。"潘稼堂描写此间境地云："或玉洞仙都，琪葩馥郁，或龙湫鬼穴，光怪陆离。或长萝悬樛木而缥缈，或青猿摇落叶而翻飞，苔斑石滑，阒其无人，鹤唳风清，谷其欲响。"虽是丽词夸饰，却实有几分形似。

　　至一处，桥忽中断，涉水而过，石上泉流，其寒彻骨，我们不知不觉已做了"过灵溪而一濯"的孙兴公（绰）了。

　　上琼台仙人座的路，正在修筑，还没有完成，本来壁立千寻的仄径，又有新泥堆积，松滑异常，更加难走。我和阆君鼓勇直上，一步一踬，攀藤援石，匍匐蛇行。本来应该从桐柏宫那一面绕到琼台的，可是因为要在百丈坑中跋涉一番，所以毫无顾虑的竟从这一条险径爬上来了。

　　山巅有大石，刻"台岩奇观"、"秀甲台山"等字样，拂苔藓细视，才知道是雍正年间的凿痕。其下复有两个骆驼肩背似的峰头，徐步踏石罅而下，细沙碎石，随着脚朝下直滚，趾不能留，手不停攀，瞻前顾后，危竦万状，直到最前面，才有所谓为鞍石，上可坐人。再进，便是琼台，琼台亦有小双阙，恍似削成，下临百丈深坑，不敢俯视。孙绰所谓"云竦夹路，中天悬居"，真是善于形容的了。壁刻康有为所题"双阙"、"琼台"，系甲子年所书。仙人座在琼台前，仿佛是一个半圆形的圈椅，可容两人，我同阆君在座上做了一会儿仙人，脚底下的千山万壑，一齐都拥赴而来，远的近的，各个显出它们那雄奇峥嵘的状态。虽然我们没有在这儿享受看月出的奇趣，可是能在这"中天悬居"的地方，坐上一会儿，也算不虚此行了。

　　后来又盘绕着琼台的山腰，去看新近发现的龙潭瀑布，这一条路，更加难走，我们简直不是在走，是一路爬去的，为的要看看别人所没有看见的瀑布，所以不惜把满身染上了黄泥土，不惜把衣裳拉开了裂缝，终于被我们达到了目的地了。

这个所谓"龙潭"的瀑布，曾经清代齐召南先生在《天台山八景图记》中提到过，不过他也只是说"琼台下有龙潭，阙然而黑，不敢谛视"罢了。后来不但外来游客没有到过，便是本地人也很少看见这龙潭的，徐卓君先生，他是天台名胜区的管理委员，也是最近才知道的，我们恰好碰着徐先生做向导，所以能一赏此深藏幽谷中的奇景，不可说不是运气好了。

翻过一坡，便看见瀑布在滚流着，虽不十分高（自然还不及石梁飞瀑），却很有气势，从侧面一个龙王洞口看起来，更觉得狂倾飞泻，银浪奔腾，令人目迷神眩。潭作长圆形，生得十分整齐，好似人工开凿出来的一般。

看过了这儿，我们再上桐柏宫。约有三四里路，打从山头上走过去的。桐柏宫所在，是在高山头的一块平原上。这是天台山上惟一的道士观，起初名叫九天仆射祠，白云寿昌观，又名崇道观。据说最早是王子晋所治，吴赤乌年间，葛元曾于此炼丹。后来有司马子微徐灵府冯惟良紫阳张叔平真人等，在此住过。观前石磉甚多，遗迹犹在，历史当然是很悠久的了。庙的规模却不大，若比起上江的道观，真差得远了。

道士叶宗滨，装潢风雅，案上摆着一册时贤题诗簿，所谓"时贤"，也终于是"时贤"罢了，可惜他遇不着李青莲，不然，他也得借以出名啦！

最可笑的，叶道士手录了一篇唐朝徐灵府的《游天台山记》（原文很长，也颇有唐人的笔意），中间有一段说：

"司马子微，在华顶峰遇王羲之，入山学业，子微以过笔法付羲之，羲之随子微学多年而后有成。"

中间对于这一件事，叙了好几百字。我想，司马子微既是唐代的人，怎样会做晋朝人王羲之的老师呢？如果此文不是伪造，一定是道士（司马子微一号白云先生，本是道士）们要借重借重王右军的声名罢了。

崇道观的右面，有一殿，供着伯夷、叔齐的石像，伯夷、叔齐竟从首阳跑上天台来了，也不可不说是奇迹。徐霞客《游天台山日记》后篇上说："桐柏宫正当其中，惟中殿仅存，夷、齐二石像尚在右室，雕刻甚古，唐以前物也。"据我所知，这二座石像，是宋绍兴年间刻的（石像背后有字，庙内也有碑记说明），有一个姓黄的道士，特地从京城里用车搬到这儿来的，这个黄道士固然未免多事，可是徐霞客认为"唐以前物"，也未免失考。

出了桐柏宫，本拟取道回城，后来我们还要到百丈坑、灵溪和双阙等处留恋一会儿，仍由琼台下，直到黄昏时，才离开那不可再留的幽溪峭径。

（三）赤城

游览天台山的人，第一个要看的，便是赤城山。赤城离城最近，至多不过七里路。因为它的声名太大了，"赤城霞"，谁都知道，自然，孙兴公《天台山赋》，"赤城霞起以建标"，是此山第一个捧场者。也许可以说，赤城实是因孙绰而得名的。本地人没有游天台的很多，没有到过赤城的却极少。天台人方音，呼赤城作"七情"，常常令我误会了别的意思。我们是于三月三十一日，前往游览的，请了一个本地人做向导。我们远远地望着山色，着实好看，紫岩层叠，如映朝霞。"赤"字是指的石色，"城"字是指的山形。因为山的这一面，壁立千丈，迤逦围绕，和红色的城墙一般无二，所以得名。

从山脚到山巅，不过一里多路。先进一个山洞叫做紫云洞的，参谒一番，山岩滴水，琮琮琤琤，作碎玉声，洞上紫色峭壁上巨额一方，有万历癸巳年冬所刻的"赤城霞"三大字。庙宇是一半在洞里一半在洞外的，洞外有碑曰"建文帝度岁处"，按谷应泰《明鑑纪事本末》有"宣德七年冬十一月帝游天台春正月建文帝在赤城"的记载，建文逊国出亡，削发为僧的传说，或者与此有关。

在另外一个尼庵内，有两家带发修行的女尼，每一家都捧出茶盘和糖食来待客，茶碗内茶叶三四根，糖食都同样是陈年古代的霉腐物。她们这样争着献一献宝，希望游人们慷慨解囊，据说这是天台山的习惯，我们想到她们生活的可怜，也只得每一盘子里给她们两角小洋的酬报了。

山上旧有葛洪炼丹炉，现已不可见，曇猷洗肠井还在，但毫无可观。次参观香云餐霞玉京三洞，餐霞洞内有孙天祚妻齐氏冢。并有齐氏生前亲手抟制的泥状泥龟及其他一切日常生活的用具。天祚，天台人，早死，齐氏抚养孤儿成人，又不幸早死，齐氏悲痛万分，她自己本是个工书善画的艺术家，从此，绝笔书画，庐居赤城餐霞洞，专取本山土，抟制殉葬物，及应用的墓碑之类的东西。又自建小楼，自制器用，一共住了四十多年，不曾下山，并不曾出过洞，死时年八十。至今，各物都在，足以供后人瞻仰。

玉京洞内有魏夫人炼丹处，有人说，"玉京洞，岩中自结玉京二字，隐现可辨。"我们并不曾见到。洞后有金钱池，亦没有什么可看。

山顶有七级浮屠，残砖碎片，坍弃满地，塔为梁岳阳王妃所建，内藏舍利二十八个。看其外形，我怕它不久也要做雷峰塔第二了。

最后，进餐于释籤洞，洞为僧湛然演天台教处。有释籤二古篆，镌于壁，据住在里面的许老先生说，这二篆是唐代人刻的，恐不可信。许老有子曰许傑，现任吾皖安徽大学讲师，而其父乃偕眷住在这样的山洞内，亦一异事。

下山，在下午四时。归途中，觉得赤城真不值一游，只要远远赏鉴就是了，"宜远观而不可近玩"，却可移到这里来用一下。

（四）从国清寺到华顶

四月二日，雇好了山轿，预备取道国清寺，游石梁，登华顶，据说从城里到华顶，共有四五十里路。备着山轿，以便足力不济时用以代步的（共轿四乘，除我与阎育新君外，尚有阎君的老太太，及其随从人等）。

天台山到底有多高？一直到现在，还没有丈量过，山中道里距离的远近，只是约莫的估计罢了。《浙江通志》根据旧说，谓高有一万八千丈，李白诗："天台四万八千丈，对此欲倒东南倾"，恐怕都是些靠不住的数目字。

五里，到国清寺，国清寺是东南极有名的一个寺院，历史之悠久，佛殿僧舍之闳大，较之杭州灵隐、天竺，有过之无不及。寺前有"双涧回澜"，为天台八景之一；环寺有五峰如画，峰名，曰八桂，曰暎霞，曰灵芝，曰灵禽，曰祥云。

过丰干桥（唐朝名僧丰干，曾久住国清寺，故用"丰干"二字名桥，以纪念之），看万工池前的七小浮屠，和东面高阜上的一大浮屠，点缀于林树掩翳泉流萦抱之间，更显得景地幽静。再进，古松蟠曲苍翠，石路平滑无尘。一大照壁上写了"今春传戒"四个大字，可见这里是佛家的重要地方了，据说国清寺里和尚多的时候，常常在千人以上。

　　进寺后，居中有一雨花殿，院宇壮阔，气象光昌，我们"随喜了上方佛殿，又来到下方僧院"之后，复于右斋廊前，寻见了王右军一笔头的大鹅字碑。据《台山古志》载，王右军鹅字碑，本在华顶墨池左侧，后为天台辟古堂寿人氏补成，纵横飞舞，亦极可喜。寺中有唐代古梅一株，在下屋的檐前，根株臃肿，有叶无花。又有一大漏砂锅，径口丈余，其大无比，门前悬一联云："古寺尚存寒灶石，云封犹有漏砂锅。"旧传这口锅只漏砂不漏水，可是现在早已废置不用了。

　　出寺，再登山，十数里，到真觉寺（俗名塔头寺），寺内有隋朝智者法空、宝觉、灵慧大师肉身塔。这位智者大师，是天台的开山祖师，寺门前有隋故智者大师修禅道场碑铭并序，述其事甚详。寺僧领导我们到智者大师说法台前瞻仰一番，说法处为无数天生黑黝色的大石累积而成，有一面大石上刻"天台山"三大字，迹渐模糊不可分辨，我立在石傍，同游阎育新君为摄一影，僧人谓此处实是天台山的发祥地云。

　　再上十余里，便是出名的所谓寒风阙了，天忽阴寒，山雨大至，果然"寒风"二字，名不虚传，从轿中取出油布棉衣之类，以避雨御寒。过龙王堂，到汉高察隐居处（高察的事迹，见《汉书》），又遇冰雹，气候比寒风阙更冷了！山顶和山下有这样的不同，难怪清人齐召南在他的《天台八景卧游图记》里说"夏时岭下雷雨，山下不知，秋冬霜雪皑皑，山下亦不知也"了！后来我们下山问是日曾否下雨下冰雹，城中人说，二日那一天却是大晴天哩。

上山的路，一律用大石铺成，极便行走，虽然渐行渐高，却并不甚觉得，过一大山凹，俗名揭桶档，土人有谣云："风刮揭桶档，水牛吹过冈。"我们虽没有水牛那么大，那么有力，但是还没有被风吹过冈，也算是幸事了！

华顶是天台山的最高处，有华顶寺、拜经台、太白堂诸胜。其间僧道缚茅为屋，散居丛林幽谷之中者，不可胜数，土名都叫它做"茅庵"，到处可以听见清馨木鱼和诵经拜忏的声音，置身其中，真仿佛到了西天佛国一般。我们择了一个最大的茅庵住下来，庵名药师庵，里面的陈设，极为讲究，客堂里的椅桌木器和楼室中的几窗床榻，清净无尘，使游人大有"宾至如归"之乐。所可惜者，细雨纷飞，阴霾不开，开窗回望，只见一片烟雨迷离的山景而已。

药师庵住了不少游客，有几位女士，穿着得颇为时髦，不知打从哪儿来的。晚饭后，楼下胡琴声伴着京调儿响亮起来了，男人和女人的声音都有，在这儿忽然听到这种突如其来的音乐，似乎有跫然足音之感，但同时觉得和梵鱼呗唱声杂起来着实有些儿不调和！一会儿和尚上来和我们攀谈，谈到华顶归云和清晨看日出的景致，和尚说：

"这要看居士们的缘法了！山顶多雨，常常一连好多天，看不见日光，明天不知能晴不能，如果晴了，此间'日出'和'云归'两大美景，是很好看的哩！"

后来我们嘱咐了侍者，叫他等到五更时如果天晴了，便唤我们起来上拜经台看日出，谁知这一夜雨声，漫山遍谷淅淅沥沥地洒个不停，第二天还是风风雨雨的大煞风景，于是我们只好自叹无缘掉头而去了。

别华顶怅然赋一绝

且与山灵约再来，此行辜负到天台，

云归日出无缘见，却向华峰听雨回。

（五）石梁飞瀑

在药师庵住了一宵，第二天早上起来，冒雨在庵外泥土地中挖起了两棵木本的小菩提树，这种树是天台山顶的特产，叫做"天台菩提"，在夏秋之间，结出硬壳的实，里面含有如珐琅质的念佛珠。与广东的菩提树又名毕钵罗树者，似乎又有不同。采着放在山轿里以备带回上海做标本。

决定今日（四月三日）从华顶启程到石梁去观瀑了，冒雨走了十五里，途中景况，正如徐霞客所谓"溪回山谷，木石森丽，一转一奇，殊惬所望"。先到上方广寺，寺中有人在做道场，和尚正忙作一团，我们便没有进去，门前的树林荫郁，花雨纷飞，泉流淙淙，向下倾泻，因为山势是逐渐低降。山石上刻了"金溪"两个大字，据《志书》云，中方广寺的石梁飞瀑的泉源，是"金溪"和"大兴坑"二大流派的会合，奔流急湍，蔚成奇观。

由上方广寺到中方广寺，不过百步，石梁即在中方广寺外，梁阔只一尺，长约三丈，从两山坳间，架空而起，两道泉水，从左右流来，穿过石梁，合流下坠，百丈悬崖，陡险万状，浪花喷雪，水响轰雷，昔卢陵甘雨书有一副对联，形容此瀑云："冰雪三千丈，风雷十二时"，真是简赅切当！石梁上可以走人，但敢走过的人极少，我们因为天又下雨，水湿苔滑，更加不敢尝试，因为从梁上俯瞰绝壁下砰砰碴碴的大瀑，不由得你不心惊肉颤了。石梁的那一面，无路可通，有一小铜殿，靠站山石建筑起来，大约是有意防止人们跨过的。据说，昨天有一老妇人，从石梁上失足下坠，粉身碎骨而死，不知是存心来舍身崖下去求升天的，还是真正的惨遭不幸。从石梁登中方广寺，有高数十级的石步梯，石梁以下，便万马奔腾，不可逼视。在石梁之上流，看石梁飞瀑的起点。

我们绕道从泉流之上游，走向下方广寺去，在下方广寺前，仰视飞瀑的一部，有如银河之泻落九天然。

中方广寺寺址所在，旧有昙花亭，今废，仅存一额。其瀑之上游，诸流汇潴处，林泉之胜，尤为可爱，时有小瀑，泻于白石之间。石壁上刻字甚多，有"大观"、"喷雪飞云"、"滚雪昙花"、"神龙掉尾"、"棲真金界"、"二奇"等字样。

我们在中方广寺里吃午饭，一座敞明的楼房，正对着瀑布的上游，耳听着轰轰轰的水声，开窗则满处都是白雾似的雨花，这雨花的成分，一半儿是天降的霏霏细雨，一半儿便是飞瀑乱溅的细沫了。水势正在楼下翻腾，汹涌如龙游，如潮卷，奔赴石梁而下。我们伏在楼窗上，赏鉴着喷雪飞云的奇景，大家都看得呆了！昔人有记石梁瀑布之文，中云："势若江驰滟滪，河出龙门，直下千丈白练，而桥当其冲"，虽未免过甚其词，可是游石梁的人，见石梁瀑布"雄奇骇愕，未有不惊且喜，喜且太息流连"，却是真的。

《法苑珠林》云："天台悬崖峻峙，峰岭切天，古老相传云，上有往时精舍，得道者居之，虽有石桥跨涧，而横石断人，且莓苔青滑，自终古以来，无得至者。"说得这样迷离恍惚。我们到过石梁的人，看了这一段记载，觉得是颇为有趣的。

（六）铜壶滴漏与水珠帘

在石梁飞瀑的附近，有很多的奇瀑，可供观赏，最出名的，要算"铜壶滴漏"和"水珠帘"了。我们便决定看了这两个地方，再到万年寺去投宿。午饭后，过"盖竹洞天"，四字为宋晋陵丁大荣书。至断桥，"断桥积雪"为天台八大景之一，可是现已徒存遗迹，所谓断桥，不可复见，大约全部都崩毁了。

"铜壶滴漏"，是形容水石的名称，因为石形正像铜壶倾水。有大铜壶小铜壶之分，其间巨石填满山坳，接连两山，铜壶石上，光滑平整，可容数百人。其中豁然开裂作圆锥形，而又曲洞中通，深不可测，要看所谓铜壶中的形状，只可卧身大石盖上，叫人捉住两只脚，以防下坠，然后探首下窥，壶中水势，回旋盘折，如沸如腾，夺口而出，一出则奔荡不可遏止。

从前徐霞客也曾游到这里，大约那时还没有"铜壶滴漏"的名称，他的游记中形容此境云："中层两石对峙如门，水为门束，势甚怒；下层潭口颇阔，泻处如阈，水从坳中斜下，三级俱高数丈，各极神奇，但循级而下，宛转处为曲所遮，不能一望尽收。"颇为近似。我们从大铜壶看到小铜壶，再下去，便是有名的水珠帘了。

水珠帘的水，在大铜壶小铜壶之下，水势不急，溢流而下处，平阔散缓，起沦漪形，有如美人薄披雾绡，漾成波纹，骨肉停匀，愈见其美。至以珠帘二字形容之，亦颇工妙，因不免令人联想到"水晶帘下"也。

其上有所谓龙游枧，在水珠帘的左面，曲折作虬龙蜿蜒之形，石陷下甚深，好像是匠人有意穿凿而成的一般。自然界的巧妙，真是无奇不有。

（七）万年寺赴桃源途中

在"水珠帘"下流连了很久的时候，折回中方广寺，再欣赏了一下"石梁飞瀑"，于是便取道向万年寺去投宿了。

到了万年寺，时已黄昏，山门紧闭，寺前有园圃甚大，距离院居颇远，轿夫叫门，叫了很久，不见有和尚出来，这时候暮雨凄凄，境极幽阒，同游的人都有些情急，担心着今晚若没有下处，可就糟了！我却远远地赏着这"空山萧寺"的景象，吟味着"轻风细雨红泥寺，不见僧归见燕归"的句子，又想到"鸟宿平林树，僧敲月下门"的故事，觉得和尚生涯，真是大有诗意的。

好容易从寺里唤出来一个和尚，大家一拥而入，寺虽极大，却很破旧了，住寺之僧，似乎又不多，因此格外显得萧条可怕。接待客人的和尚，把我们引到寺后一幢空房子里住下，一座高楼，上上下下，全无人住，只听得寺墙外一片潺潺水声，伴着屋内一盏照雨的孤灯，于是我们便在这样黯淡的灯光之下，一面喝茶，一面吃着自己带来的面包，大声地谈着话，壮壮胆子。后来和尚搬出饭来，草草吃过晚饭，和尚又继续搬出缘簿来，于是我们每人写上几只大洋的乐捐，这才好像一切都无事了，大家便安心睡觉。

三井潭

第二天一早起来，先上三井潭去看，三井潭距离万年寺不过三公里，穿畦过涧，比达目的地，见潭分三级，大石磐磐，夹于两山之间，上潭之水，倾注入下潭，抵激冲荡，跳起尺余，奔放处，涌出一阵阵浪花，飞珠溅雪，碎溅轻圆，一颗颗好像欲卷又放的样子。

因为境逼危竦，我们居高临下，不能看得真切，只得觑个大概便怅然而返了。

广济潭

自三井潭折回，走上七八里光景，轿夫领我们去看广济潭，轿子停在大路上（阎老太太和丁松泉女士都未能前往），我和育新脱去外衣，拿着手杖，翻过一个山头，再慢慢走下去，见两山夹峙中，一道瀑布涌出来，倾注到广大的潭水里，潭上为峻峭千寻的大岭，其下奔泉曲折，齐向沙石平处流去，流到前面，又为一大壑，幽邃辽迥，不可究穷。只得仍翻过山头，依着来路，向龙穿潭进发。

龙穿潭

走了十里左右，一路上的山峰和林壑，越转越美。我们在半山中行走，竞秀争奇的峰峦，琮琮琤琤的流水，叫我们又要看，又要听，真个是应接不暇。尤其可爱的，满眼山花，嫣红灿烂，这时候春雨初晴，格外显出娇媚。想到唐人"山花红欲然"及"涧水吞樵路"等名句，真写出我此刻所见的景象了。

龙穿潭在山凹里面，轿子不能抬过，我们寻进去，不过半里之遥，便发现一道最雄奇的大瀑，为我生平所未曾前见的，也可说天台山上惟一无二的壮观。因为别的瀑布，最多不过几丈乃至几十丈高罢了，这条大瀑，是从山顶上一直滚到山脚下来，浩浩荡荡，滔滔汩汩，奔雷飞电，一泻万寻，大家见了，为之心骇，为之舌挢，我觉得龙穿潭三字,不足以形容,为改"飞龙滚涧"四字。

育新摄影时,因为瀑身太长了,不能一次拍,特地用两个镜头分拍,结果,仍只各拍得其上中二部,其下部瀑布倾注入潭之处,仍未摄出,于是可见此瀑布之长大了。

龙穿潭出来,就向天台山最有名的桃源洞赶去,桃源洞为汉永平中剡溪人刘晨、阮肇入天台采药迷路获遇仙女的地方,事迹见《神仙记》,虽则神话荒唐,不可相信,然传说已久,为多数人士所共知的佳话。一直到现在,天台城里,药店的招牌,都打的是"晨肇遗风"。齐召南写这个地方,有以下的一段。

> ……两山夹水,沿水寻溪,折而入,每行至尽处,辄又豁然一关,苍崖翠壁,常若雨后,鲜妍欲滴,奥如也,而旷如也。……回见两峰娟娟若临水而梳妆也者,双女峰也。从峰侧作猿猴形,援巨藤而上,有仙子洞,洞中石床石座宛然,后人伐去藤,到者遂少,晨肇事有无不可知,然游者初入若迷,渐深若悟,坐玩久之,若乐而忘,矧当春晓时,鸟啼花笑,山空水流,徙倚其中,有不疑于人间天上也耶……

看他的这段记载,似乎他并没有寻着桃源洞。我们翻山过岭,所得的印象,也不过和齐召南所见的仿佛罢了,从前有人说:"寻到桃源迷洞口",探幽寻胜像徐霞客那般的本领,也说,"信桃源误人也!"一位引路的土人意见,以为我们纵然爬上去了,没有扶梯和软索等设备,也属枉然,因为洞口还是不得进去。于是我们只得半途而废,不去追求了。

下了山，先到护国寺，见寺已荒毁，前有双塔，依然临风并立，此外没有别的可看了。山脚下，还有一石牌坊，内有墓道，原来是宋驸马会稽郡钱王墓。在墓前摄了一影，再赴宝相乡，在一家姓张的人家，借餐一顿。乡下人对于我们，十分惊异似的，扶老携幼的来看。使我想到《桃花源记》里"村中人闻之，咸来问讯"的话，我们虽没有做刘晨、阮肇，却做了一次"渔郎"了。

　　后来参观了一回村中妇人的织带小手工业，她们织出各种有花色的带子，异常精致，或用以束腰，或用以系裙，可惜这种小手工业的产品，只能供给乡下人自己用，都市上是毫无销路，所以只有日趋没落了。

　　宝相乡离城约二十余里，已经是山外的地方了，我们乘轿回城，所经过的都是平坦的道路，不消三小时，就已经回到城里了。

020~029

第二章　杭江道上

2.

杭江道上

（一）

这一次我到浙东，"躬逢盛典"，名义上说是游览，实际上是赶热闹。词人说，"若到江南赶上春"，我是俗人，便只是"我到浙东赶热闹"罢了！雅俗虽大有径庭，可是"赶"则一也。

因为在上海人住久了，不免沾了一点上海人一窠虫儿趁新鲜的丑脾气，听说杭江铁路于十二月二十八日举行通车典礼，从钱塘江可以一直通到江西玉山了，去的人很多，我也去，去趁火车多跑一点路不好吗？虽然自己也明知不能游览什么地方。

十二月二十七日，在新闻报馆门前，坐上了祥生汽车，不一会儿就到了闵行镇，渡过浦江，改乘杭州派来的公共汽车，循沪杭公路前进，午刻在乍浦休息。乍浦的确是好地方，靠着海边，公路往来，日益方便，不久芜乍铁路又将告成，水陆频繁，真大好港口也。无心浏览，因肚皮早已饿了，浙江建设厅派来的招待汪英宾先生，拦在半路上，摆起酒菜，野祭了我们一番。大家在汽车上吃饱了灰尘，满头满身，都是土气，征尘未卸，便相对大嚼起来。嚼罢再上车，过海宁，登长堤，上观潮亭，看了一回无潮的海，"烟水苍茫人独立，我来观海不观潮"，有诗两句，聊以解嘲。

到了杭州，寓清泰第二旅馆，因为时为下午三点钟，还可以赏一赏湖上晚霞。买舟荡至孤山，岭梅初放，到处清泉，树下徘徊，桥头小立，听风林寺晚钟敲罢，才兴尽而回。

　　这一天晚上，建设厅长曾养甫，在开元路中央西餐社请客，因为他已先到金华筹备通车典礼去了，由杭江路局长杜镇远和秘书汪英宾代表招待，席间有杭江路局总务科长谭岳泉，车务科长金土宣，先后报告该路筹备的经过。

　　杭江铁路起自浙江杭州对岸钱塘江边，现在通到江西的玉山县了。共长三百五十五公里，从十九年三月起动工，先建筑杭州江至兰溪一段，计长二百公里。第二段从金华到玉山，长一百六十多公里，二十一年十一月开工，于二十二年十一月全路通车，明日（十二月二十八日）举行通车典礼，全路通行客车，已决定在二十三年元旦。目前所用的轨道，是一种轻便轨道三十五磅轻轨，机头只有九尊，将来等杭赣铁路全路完成——从玉山再筑到萍乡为止——或者可以大大扩充一下。我国大江以南还没有最长的铁路，足以和平汉、津浦相等的，如果玉萍能早日成功，其长度便要驾乎平汉、津浦之上了。到那时大江以南的经济情形，将有极大的变化，亦未可知。

　　第二日，是行通车礼的正日，天没亮，就在旅馆里起身，趁路局派来的汽车，开到三廊庙，三廊庙在钱塘江边，设有招待处，分发给我们证章（一面是火车头，一面是创办人张静江的像）、秩序单、路线表，还有些刊物，如《工程纪略》、《浙东景物纪》等书。

　　既过钱江，八点钟在江边站举行通车礼，由曾养甫夫人剪线，采线一剪断，便扬旗开车了。

　　这时候晓雾初开，红日东上，江面上的景象，和陆路上的风光，各有不同，一处是优美，一处是壮美，这霎那间，真够人享受的了。火车不住地向前冲，沿途大小各站，爆竹齐鸣，彩牌楼高高的搭起，照例，彩牌楼后面有沿线物产展览处，经过的站头，截至金华为止，有萧山、临浦、诸暨、郑家坞、苏溪、义乌、孝顺等。

假使我这次不是赶热闹，至少应该在诸暨下来，看一看五洩的名瀑，访一访出西施的苧萝村，老这样的闷在车厢里，幻想着五洩是如何的飞雪滚花，浣纱女是如何的颦眉饬眼，这个罪儿真不好受！我于是开始妒忌郁达夫、陈万里那一班家伙了。写两篇文章，拍几张照片，叫看的人心痒难禁！手里捧着《浙东景物纪》，虽然权可当作"卧游"，偏我是不爱"卧游"的，卧而不游，凭空添些惆怅，古人说："不见可欲，而心不乱。"俗语说："眼不见为净。"我可是眼见了，又净不起来；欲起来，心又为之乱了！下车去吧，不成，因为袋里没有钱；回去吧，车又在前进，两念冲突的结果，还是随俗一点吧！

下午一点三十分到金华，车站上的军乐大响起来，典礼会场上，早已布置一新，看的人，真个是人山人海，我们自然应该下车观礼的了。两点钟开始行礼，我在此时，却又溜到斗牛场上看斗牛去了。

（二）金华斗牛

穿过一条铁路，践踏着好几亩荒田里的松泥，到处人头攒聚，自然土著的人和外来的都有，来的去的，议论纷纷，都谈的是今天就要斗牛的事。

我是迎着斗牛场赶上去的人，在路上业已看见好几只被牵上战场的战士了，这所谓"战士"者也，是把它人格化了以后的称呼，它原是牛性十足的牛，可是金华人早已不把它当作牛看待了！

牛的装饰。牛头上戴着一顶花盔，上缀五色小绒球，盔上斜插两根很长的雉尾，左右分开，宽阔的背上，缚着四面小旗，身后紧紧的跟着一面大帅字旗，那是有人特别替它打起的，前面照例常有大锣开道，这样威武堂皇的一员战士，谁说它不是和旧戏场面上八面威风的大将一般的呢。可惜的是它们的鼻头上，是被人用八根细而长的绳索牵引着，拉拉扯扯一直向战场上奔去，并不像是出于它们的心愿罢了！

这一天牵来的斗牛，计有二十四对。场中发散戏目单，上面载着它们的名称。计有小蝴蝶、小随便、小金刀、新花旦、剪花挂、黄宝挂、四牙挂、英雄挂、阴阳挂、小乌龙、长山挂、小黄挂、文武挂、狮子挂、双飞龙、大花旦、小花旦、大鸳鸯等，名目之稀奇古怪，看了真叫人发笑。

看上去，它们都是水牛，毛色黑的多，固然黄牛作斗士的，不是没有，只是少一些。颈子和身躯交接处，有峰突起，比骆驼的峰当然小一些，但与其他耕牛比，就显然有点不同，腿部颇细，臀部极大，据说这都是善作战的必具条件。

战斗的时候，先将一切华丽的装束解除，由双方的牛主，派出他们的战士来，再由似乎是公证人的捋泥腿者（当然这一班领牛去斗者，非得自己有驾驭牛的气力不可），把牛由左右两端引入一水田中，这水田是最适宜的战场，浅水没牛腿，约二三寸许，两牛一见面，便听吩咐似的对冲起斗了。

斗的姿势，是两只牛同时低下头来，将角之下眼之上的脑部，死死的互相抵触，抵触到斗牛的另一方筋疲力尽了，或跌倒或逃走为止。累经战场的牛，经验既多，它便善于取巧了，它把头抬起扑到对方牛的头上，紧紧压住，使其口鼻和水面接近，或竟埋到水里去，以阻碍它的呼吸，然后再用自己的全力，加以猛攻，这样，每易得胜，也许这是牛将军的一种兵法吧？

不过有时候斗得最激烈的当儿，牛的护士们，或者竟是牛的主人们吧！他们一群，都高高地捋起泥腿，立在斗牛的旁边，往往合起众力把它们拆散了，这给观众们一个欣赏不满意的感觉，因为大家正要看看结果到底是谁胜谁负呢！可是据金华人说，今天不过是斗斗把来宾看一看罢了，并不是决斗，若是决斗，双方总有一方要被牺牲的，而且牺牲很大，他们养一只斗牛，费去金钱着实不少，不比养寻常的耕牛。耕牛吃草料，而斗牛则日常吃的是鸡蛋、参燕及其他各种补品，有时把足以增长牛的气力的食物给它吃，有时还把酒及鸦片等有刺激性的东西给它吃。往往有一条常打胜仗的牛，其价值竟有超过千元以上的，次等的也值到几百元上下。

牛主人供养一条牛，比家里任何尊贵的人都要来得尊贵。夏天怕蚊虫咬了它，替它做大的蚊帐，夜间把它关在上屋里，十分当心的照顾，有时替它沐浴，替它搔痒，总之，孝养父母也不能那样周到就是了。因为自己的牛，如果战胜，不但全家有面子，便是外人馈送礼物的也很多。万一不幸而败，照例，是要把牛杀掉，分食其肉的，牛一杀掉，几乎便等于倾家荡产了。

斗牛的风俗，自然是很稀奇的，可是我们一查考此风俗之起因，约有两种：一种是说里面含有宗教的意味。所以要斗牛，是为的"娱神"。乡民遇有疾病疠疫，或其他事变，在神的面前，许下心愿，要养牛供斗赛之用，以娱神祇。其作用实和别的地方演戏酬神是一样的。另一种说法，以为浙东民风剽悍，乡民常有械斗的恶习，其中以金华、义乌为尤甚，清初金华太守某氏为消除此种风气起见，特用一种转移阵线的方法，叫人民养牛赌胜，免得人民自己决斗。所以至今只有金华及其所属义乌一带，才有斗牛的风俗，别的地方便没有了。这两说，似乎可以并存，我们若为研究习俗起见，还须另考，这里不过据传闻以说明大概罢了。

杭江铁路当局，在举行通车礼的当儿，来这样一个余兴，以资点缀，实在是很有意义的。四方赶来看斗牛的，把斗牛场四面挤得水泄不通，两边的小山阜上，满是人头，甚至树头上都是人，于此可以见到观众情绪是怎样的热烈了。乡下的男人们要着件新衣来观场，女人更花花绿绿的打扮起来，特地来赶热闹，仿佛很稀奇，其实并无足怪，我们还是不远千里而来的哩！

（三）金玉路线

金华城里，我们也进去光顾了一下，街道颇长，都是用大石铺成的，商务亦尚发达，有电灯，有人力车。铁道有支线通兰溪，其他如东阳、永康各处，新修公路，可以通长途汽车。距城卅里许，有一风景极好的北山，双龙洞尤邃奇有趣。廿八日下午在城站附近，参观了一下金华物产展览会，其中农产品如米、豆、茶、木材、毛竹、冬笋、笋干、药材、名纸、烟煤、家畜、火腿、桐油、矿物等。工业品如簟、席、瓷器、布、肥皂、蜡烛、玩具等，没有一样不是切于实用的东西，比较上海方面只以装饰奢侈品相矜夸的，实相去不可以道里计了。

二十九日天未明，从城外中和旅馆里起身，摸了一大段黑路，才走到车站，因为六点钟就开车到江西玉山县去了。这是金华到玉山第一次通车，所以参加游览的人极多，车厢里挤得几无容足之地。车开后，天才渐渐的亮，可是降起大雨来了。经过汤溪、龙游、安仁、樟树湾、衢县等站，其中以衢县的地方为最大，城池气象，比金华还似乎宏壮些，新开辟的飞机场，也远远可以望见。衢县有小九华烂柯山，龙游县有小南海，都是浙东的名胜。

车过烂柯山境，偶成绝句。"寒雨连山雾未收，龙游过了又衢州。烂柯提到当年话，人事匆匆万古愁！"

再向前进，便是江山县境了，近城时，可以看见双塔底江郎山、东岳山、义丛山等处风景，四围山色，烟雨迷离，又竟和染着淡墨的画图一般。东岳山上的虎头峰，忽现忽隐，尤为奇突峻伟，变幻有趣。

到了江山，便不觉叫我想起"江山船"及宝竹坡"宗室八旗名士草，江山九姓美人麻"的趣事来。我们的同行中，有一个是《上海晨报》的记者，向来就有和卫玠齐美之称。他原就是江山县人，到了江山站，便下车回家去了，看他那翩翩的风度，我想到江山也许真个是出美人的地方，不过宝竹坡合该倒霉，在江山船上偶然遇了那位麻面美人罢了。——关于宝竹坡的风流佳话，有黄公度的《九姓渔船曲》。狄平子《平等阁诗话》云："清宝竹坡少宗伯（廷），负才玩世，脱略不羁。尝试士闽中，归娶江山船人二女为妾，以情兮、盼兮名之，即上书自劾罢。贫居陋巷，益酣歌纵酒，有信陵之遗风。"如果照狄平子的话看起来，宝竹坡是娶了两位江山船女，但不知情兮、盼兮中哪一位是麻面美人也？一笑！

过江山县，一路上看见很多的碉楼，是新近筑起来防匪的，听说一共有四十几个，每建一座碉楼，要花费二千多元，最少亦须一千元或八百元不等。近碉楼处，有许多新坟，大概里面都是所谓忠魂吧？墓门前竖起的墓碑，大半都是绿色的石头，这绿色的石碑，我在别处还不曾多见过。

（四）冰川一瞥

过了江山县界，前面便是赣省的地方了。赣省的玉山县，是杭江铁路的终点。车到玉山县，汽笛呜呜叫了几声，不一会儿，玉山县城里的老百姓，都扶老携幼的来看火车，因为火车这怪物来到玉山县，这还是破天荒第一次哩。我们匆匆的在车站上吃了午饭，便赶进城去游览。

玉山县城外有水名冰川，又叫做冰溪，这一条天生的溪水环抱着玉山县城。玉山县古名冰川县，冰川的风景，是很有自然美趣的。我们进城经过冰川上船只搭成的浮桥，在浮桥上回头望武安山、怀玉山诸峰，玲珑回环，诵戴叔伦"冰为溪水玉为山"的句子，有"妙手偶得之"之感。

进城了，桥头上站着荷枪的八太爷，很威严的在检查来往行人，我们挂着杭江铁路给与的证章，无条件的通过了。再看看本地的人民，胸前一律挂着一块有黑字的布，原来八太爷是查这个玩意儿的。这块布叫做"良民证"，上印某某县良民证，第几区，第几甲，姓名，职业，及保人姓名等字样，下面盖着区长甲长的官印。譬如你是上饶县或广丰县来的，必要在上饶或广丰的县政府里请下这块良民证的招牌，然后可以进这里玉山县的城门。无论男女，自八岁以上，就非有不可了。

玉山城内城外都冷冰冰的，也许是"冰川"二字叫得不好吧？生意之清淡，市尘的啾隘，人民之没有生气，都有点令人惴惴然，皇皇大告示贴得很多，我们也无心细看，胡乱跑了一回就退出了。

退到城外，在冰川上徜徉一番，临水的河房，影入溪流，那么有趣，渔船从那边撑过来了，很多阶石上，有女人用木杵捣衣，雨刚刚晴了，太阳光射到冰川上，到处感有温和的意味。过了桥，一丛竹树，一带茅篱，踏上广阔的公路，不一回，我们又回到车站上了。

玉山车站，建筑在塔山下，房屋甚为整洁，因为刚刚通车，一切设备，还很简陋，月台上搭有彩牌楼一座。悬一联云：

"长途已振宏规，无颇无偏，好除斯世崎岖路；

此处原非止境，我车我辇，要尽平生重远心。"

我正在看联语时，忽然一阵嘈杂的人声，从车站那一面闹起来，据说捉住一个日本人和一个汉奸。一会儿开车了，大家纷纷挤上车，连那日本人和汉奸都带上车来了。有人说：日本人是来玉山窥测内地情形的，他拍了好许多照，是预备寄回国的。他自从杭州偷偷上车，没有开口说过一句话，直到玉山才被人识破了，起初大家都认为他是中国人呢。后来我也挤到日本人坐的那一节车里看了一下，调查的结果，日人名叫喜村三郎，着了一身西装，年纪在四十以外了，所偕一中国人，名叫屠用葆，大约他们都是商务中人，车到江山县，把他二人交给江山县公安局去了。后来问讯结果，并未惩罚，只不过把摄影各件没收了事。

车回到金华，已经是黑夜了，在绍兴会馆里吃了晚饭，即趁十一时车返杭。

这一次，简直不是旅行，只是跟着火车跑了一次不用腿的路罢了，结果，毫无所得，然而还啰啰嗦嗦地写了这许多废话，未免太糟蹋纸头了，罪过！罪过！

030~035

第三章　太湖

3.
太湖

　　从无锡西城河畔，照例是有小汽船一直载游客到太湖里去的。可是因为我们这次女伴占上了七八位之多，一只小小的汽船，充其量只能容她们挤挤的坐下，已经是嫌满载了！于是我们这几个落伍者，在她们称为"傻家伙"的，只好舍水就陆了，虽然感觉得一时的惆怅，和她们分了手怪没趣儿似的，但是去另辟一条蹊径，也许是革命的行为吧！

　　我们的分队一共四员，——连我在内——跑到西城门外，公共汽车还没有来，大小不等样的芒鞋各身买了一双。老陈说："可惜还缺少了一只破钵，不然，我们都是'芒鞋破钵无人识'的情僧了！"其余的三个人都笑了。

　　踏上了公共汽车，一个漂漂亮亮学生服、衬衫、黑皮鞋、白帆布裤、裤袋里插着自来水笔的年轻卖票员，向我们要一只洋，给了我们四张票。我们一面互相颔首默认识了无锡的文明，从这个整洁的卖票员身上；一面从车窗外面看到了锡山上的塔、惠山上的庙以及沿途都是桑麻稠密的乡村。汽车路是碎石砌成的，沿途稍稍感得有点颠簸，经过了一个小小镇市，其余散布在乡野间的庄宅，几乎没有一间茅草屋。矮矮的瓦房，都很整齐。乡民之富足，于此可见一斑。熟悉无锡农村经济的汪君告诉我，普通农民，很少真正无产者，便是做佃户做粗工的，他们即使有一两年居闲，也不致冻馁受窘，多少有点储蓄，比我们这班歇手就要歇口的所谓文人富裕得多了。我们在车上谈着，不一会儿工夫，就到了梅园门口，这才大家下车，因为再前去汽车便不能通行了。

梅园内正在大兴土木，因为看梅不是时候，我们便没有进去游览，听说里面办有中等学校，建筑在山上可以远望得见的，都是一些洋式的楼房。从梅园门口坐上了黄包车，经过了许多纵横的阡陌，以及桥梁蹊径，我们已置身于山野之间，眼前几无一件不是爽目醒神的了。

斜斜的山道，很宽舒而不费力的上去，忽于环山之半的转角处，陡然有一片汪洋穿山抱屿的缘湖，呈显到我们的眼帘来。这是多么值得喝彩的事啊！一层层近的回峦，远的淡山，堆着一丛丛碧油油黑压压的树，盘旋或拥抱着它们的，是澄澄之波，是悠悠之水。世界是这样的清凉，风景是这样的优美，从前曾于葛岭雷峰及南北高峰看西子湖，仿佛是这般的做过一回耐人寻味的梦，现在又是温旧梦吧？不！这两次清凉而优美的梦境，究竟不是一般！这回的梦境比较更开朗些，比较更幽静些，太湖啊！你那壮阔的波澜，奇丽的局面，和神秘不可探求的晨夕晦冥四时变幻的气象，真值得爱好自然者的欣赏啊！文学家说，文章中有优美，有壮美，我说湖山亦有优美与壮美之分，西湖是优美，洞庭湖是壮美，太湖实兼有优美和壮美的，这话该不颂扬过分了吧！

渐渐儿车滨湖停下了，树阴里高高悬出"北独山渡头"的路牌。山麓屋瓦鳞次，有庙堂，有楼房，庙里所供奉的是湖神，湖神在中国差不多是很有威权的，有湖必有所谓湖神庙，湖神与风的关系，及其女性的神秘，是旧小说和笔记的好材料。我们在湖神庙里瞻仰了一番，再到间壁的万顷堂，凭栏小憩。一面品初熟的佳茗，一面等特唤的渡船。万顷堂新旧楹联甚多，壁上且有碑记，联语之最简括者，如某君之"山浮一龟出，水挟万龙游"，因面万顷堂者为龟头渚也。碑记作骈体文，作者仿佛是前邑宰俞复。湖面风来，披襟当窗，一时的凉爽之气，水草之香——虽然风里也带点鱼腥，这味儿在上海的朋友做梦也休想能享受。坐了好一会儿，摆渡的船老是没有，老汪、老刘急了，心里惦记着坐在汽船上的她们，这时一定是已捷足先登了龟头渚了吧？

茶役为我们唤了一只渔船送我们过去，我们既坐到一个渔妇摇橹的小舟里。"击清流兮扬素波"，在湖光山色的四围中。不由你不叩着舷微微地歌咏起来了！

老汪操着无锡土话，和渔妇谈湖里出产的这样鱼那样鱼，可是不懂方言的我，便无法将他们的谈话记下。

湖里有好些小岗小陵，都被建筑别墅的工人们，将青葱葱的山，开拓为漫山黄土，看了只叫人心头不快！

小渔舟摇到龟头渚的山麓下绿树荫中了，弃舟登岸，见山涯水湄，数家茅店，或业摄真，或招客饮，沿山径而上，见有仿作日本式的小屋，有似在古画中的亭楼，傍水之岩石，镌刻着红绿色的擘窠大字，下视万顷湖波激扬澎湃，真有许多写不尽的奇境和异趣哩。

再上有陶朱阁、广福寺、小南海、太湖小筑。我们在广福寺里，寻着了她们，她们早已坐在客堂里嘻嘻哈哈地吃着瓜子在谈笑了。老汪的爱人密司王，一见我们来了，便取笑我们落后，别人的都应声鼓噪着，只有密司李向她的老刘脉脉含情地凝视着。

住持僧的法号叫什么我忘记了，他跑出跑进的招待，知道我们是学校放假特地出来游览的男女先生们，于是尽他所有的好东西都拿出来给我们吃，自然最大原因是老汪的尊大人先期接洽了的好处，不然，谁耐烦来管待我们这些外路客的一宿数餐呢？

广福寺不但在无锡是顶呱呱风景好的地方，即在全苏也不多见，游太湖的人们，不到广福寺，真是白游太湖了！

进了素点后，我们分开了，自然有情侣的最占便宜，大家各找贴己的人儿，相携着满山满谷地跑，有时到了山之巅，有时到了水之限，老刘偕同朱、郑两小姐和我，在华山路站着，远眺如镜湖光，带烟洲渚，风帆一点一点地悄立在平稳之波上，好像并不移动一样，斜日是渐渐的西下了。密司郑忽指我们向下看，她说："多么美丽而旖旎的一对倩影咧！"我们依她所指的看下去，见平水的木栏杆边，一个穿艳丽的绯色衣的女郎，和一个仿佛是老汪的男子，相偎相倚地并立谈天，或者是看湖景吧！后来他们俩又徘徊着走来走去的，不一会儿才攀援而上，果然是老汪和他的夫人，原来他的夫人不知在何时特地换了一件绯色的衣了。我笑着说："你俩故意要为我们点缀风景吗？"大家各自微微地笑了。

我们的游侣，慢慢儿三三两两地集拢归队了，有的报告深涧中探险的经过，有的撷了许多杨梅和桃子一路走一路吃着，大家再在一块儿赏识着烟水苍茫，批评着晚霞落日，久而久之，大好的湖山，都自远而近被暝色收拾得看不见了，只隐隐约约地有渔灯闪着火光儿在照耀那广大的静默。

这是没有月色的夜里，天上的明星很灿烂的高悬着，在萤火飞飞蚊虫儿嗡嗡的草地上，我们十几个无聊的人们，各人从广福寺里端出椅儿凳儿出来坐着纳凉，一会儿晚风大了，着薄纱的她们都嫌凉起来，萤火儿蚊虫儿都被风刮得远飏了，这是多么爽畅幽恬人间最可爱而不易得的良夜啊！

她们的凄清而美妙的曲子，从圆转而娇脆的歌喉里发扬出来了，同声合唱一只中文歌，又来一只西文曲，声韵悠扬，吞吐有致，听而不唱阖着眼皮一味享受所谓傻家伙的我们，不但为之心平气和，简直是要神魂飞跃起来。今日我才晓得"丝不如竹，竹不如肉"，肉果然是最好的了。

　　后来我们谈谈歌曲，再由歌曲谈到戏剧，话越说越多，不由得有几位年青而瞌睡顶重的她们，不住地在打呵欠了。

　　这一夜我们分布在太湖小筑、小南海、广福寺三处住宿的。

036~040

第四章 偷闲一日在梁溪

4.

偷闲一日在梁溪

　　本来不是有闲阶级，然而看见人家有闲，不由得眼热，也去偷闲一下，好在没有闲，暂且偷一点闲，是比没有钱暂且偷一点钱，来得风雅些；何况"偷得浮生半日闲"，早有古人破过先例，我就加一倍，由偷半日而偷一日，也不必就是过分的僭窃吧？

　　在上海读过了归庄的《观梅日记》，不免兴奋起来，想也去观一观梅，铁路局有的是探梅专车，学校里有的是寻芳俊侣，机缘凑合，花费不多，如此而不到"香雪海"里去巡阅一下，至少是要被风雅人骂两声蠢笨的，有此重大理由，我们一伙儿五个偷闲客，就赶到太湖边溜达了一个整天。

　　我们在无锡城河里雇了一只汽船，冲锋陷阵一般的扑扑扑吐吐吐向外挤，向前钻，左面一只板船，右面还是一只板船，迎面来了一只货划子，斜刺里又来了一只粪艇儿（幸亏这艇儿不会飞），委实拥挤不开，然而汽船是决不让步的，进进进，其意义颇相当于鲁迅之所谓"撞"和"推"，推倒人，咱们坐在船舱里，意气扬扬，大有"死了人咱也不管"之概。

　　可是话又说回来，咱们并不是搭架子，叫咱们游客有何妙法可想呢？

　　"太湖里的汽船，威风实等于上海的汽车；各种板船的船户，当然其苦也不减于拉人力车的车夫了！"老王不自禁地发起感慨来。

　　"咱们北平的洋车夫，曾打过电车的，也许将来有一天太湖里的船户，要纠合起来打汽船哩？"老阎一口北平话，回答着老郑刚才所发的感慨。

说着说着，一卷浪花，把岸旁跳板上的刷马桶姑娘的衣裳，溅湿了，她破口大骂起来，就因为浪花是汽船尾巴带出来的。

"灵不灵？祸事到了！"老郑老是那么撕开嘴笑。

还没有出城河，一路上真够麻烦，越撞越撞不出，满眼破烂、罅漏、龌龊、蜷曲的船上风景，小娃儿拴在船篷底下（一根带子系着腰，另一头则拴猴儿似的拴在船桅杆子上），老婆子在烟火迷漫的船舱下面蹲着，流着泪在烧锅（据说是烟熏的并不是哭）。

再朝前进，晒渔网的打渔船儿多了，于是大家不约而同的"渔船儿飘飘各西东""烟雾里辛苦等鱼踪"的唱起来，其实自己坐的何尝是渔船呢？我尝怪咖啡馆跳舞场里的作家们，为穷苦大众喊悲哀，实在有些儿不合适似的，这一番却轮着我在干矛盾的勾当了。

游罢了蠡园，经过实界桥而至龟头渚，风景虽佳，而诗思不在家，泊乎既登广福寺，蓦然想起五年前游龟头渚时一首五律起来，落伍尽管落伍，存真且自存真。其诗云："最爱龟头渚，湖光占独多。眼空千顷白，坐爱好风过。岩穴朝飞雨，烟帆暮织梭。且登广福寺，万象尽包罗。"眼中既已包罗过万象了，于是辞别和尚，缓缓下山，一直走到"包孕吴越"的石刻下，大家濯足湖滨，听近边的水风相击；看远处的帆影轻移。跷着脚，嘻嘻哈哈地立在水中，让老阎拍了一张照。经过了两小时之久，才又离开了这儿向目的地梅园冲去。坐了汽船，当然不是荡，也不是泛，只是乱冲，冲到哪儿是哪儿，煤油的烟，灼痛了我的脑子，登岸以后，我发誓不再坐汽船了。

从湖滨走到梅园，虽然只有几里路，却走得微微出汗，倒也爽畅。梅园里的梅花，还喜没有谢，来游的人太多了，我也用不着麻菇

（北平人啰嗦之意）那梅花是如何如何的可爱了！却是有一件事，值得一提。康有为为梅园主人题了一方匾额曰"香海"，系以诗云："名园不愧称香海，劣字如何冒老夫。为谢主人濡大笔，且留佳话证真吾。"原来早几年有一个冒名康有为者，为梅园主人写了"香雪海"三字，本是赝品，被康先生发觉了，于是自诩为佳话了。在下不免打趣康先生一下，赓和其诗曰：

> 花香海里康南海，佳话无端诩老夫。我为康公下转语，千年谁复见真吾？

康有为先生未免斤斤于微名上面了！从前羊叔子登岘山，尝慨然语其属，以为此山常在，而前世之士，皆已湮没于无闻，因自顾而悲伤。已经有人批评他太不达观，盖好名之过耳。何物老康，能写两个自以为好的字，就矜夸得了不得，他能保千年而后，仍然有他的"真吾"之迹，留在人间吗？老康著过《新学伪经考》，夫经犹可伪作，况区区之字乎！哈哈！何所见之不广也！

出了梅园门，刚要坐车上惠山，车夫四五人来兜生意，讲好了价钱，有另外几辆车子，也赶来了，因为竞争，不免有飞步赶来的势头。谁知竟犯了大法了，一只专于替人家守门的警察狗，拔出手枪，跟着飞跑的车夫也赶下来，而且真要开枪打的样子，我们远远地吆喝起来，老阎骂道："混账家伙，拔手枪干吗？"那家伙才缩了手，结果还是把车夫的执照扯下来！车夫苦苦哀求，他哪里肯睬，手拿着执照扬长而去了。好厉害的无锡警察。不久以前，无锡市民为了警士行凶，曾相率罢过一回市，现在让我们旅客也来看一下他们的威风啦。

　　我们无法帮那位被罚车夫的忙，只得让另外几辆车子拉着我们向惠山奔去。

　　惠山无可留恋，进了忠烈祠，观所谓"天下第二泉"，池畔来了一位黑牙齿的苏州和尚，在你耳朵里刺刺不休的说吴侬软语，当初雍正皇上、乾隆皇上怎样怎样，李鸿章、赵孟頫（他读作跳）又怎样怎样，真厌极了，给他两毛小洋，他还不满足，跟我们走过竹炉山房到景徽堂前，他又说吴稚晖是本乡人，又怎样怎样了，天生和尚，只是为拍达官贵人马屁的，我们只好合着掌向他说一声"阿弥陀佛"了。

　　锡山没有上去，在庙前小街上，买了一些泥人之类的玩具。明代小品文作家王谑庵说："居人皆蒋姓，市泉酒独佳，有妇折阅，意闲态远，予乐过之。买泥人，买纸鸡，买木虎，买兰陵面具，买小刀戟，以贻儿辈。"我们遇不着"意闲态远"的卖酒妇，市泉酒的味儿，到底如何，只好不去管它，可是茶味也曾在庙内尝过了，并不见佳，"第二泉"云云，老实说，是有些骗人的！

　　寄畅园在小市之另一端，老树婆娑，美石峻异，的确是一块好地方，我们把整个的黄昏时间在这儿消磨掉了。

　　"偷得浮生'一'日闲"之事既毕，晚上八点钟的快车，又拖着我们回到上海了。

041~044

第五章　宣城杂忆

5.

宣城杂忆

　　最近江南铁路公司已由南京直接通车到我梦魂萦绕的故乡——宣城了。虽然白天里为着生活不得不在烦嚣尘垢的上海鬼混，可是一到夜里，头着了枕，那清幽曼妙的山容水态，便扑到我的忆念中来。也许这就是我唯一的精神慰安吧。

　　宣城是古代诗人的留恋之乡，谢脁说："江海虽未从，山林于此始。"当我十几岁由乡下进城读书的时候，便也有那样的感想了。这十几年中，江海浪游，萍踪无定，每每回想到那亦城市亦山林的读书场所，觉得"江海虽从，山林未始"，与谢脁所说，似乎又有不同。

　　城以内有鳌峰、南楼、北楼诸胜，城以外有敬亭、麻姑诸山及"双桥落照"、"双塔临风"等美景。

　　北楼是被圈在安徽省立第八中学的校园以内了，它是筑在一座高高的山坡上，所以又名叫叠嶂楼。我们念到"谁念北楼上，临风怀谢公"的句子，又不得不仰慕到"一生低首谢宣城"的李青莲了。

　　我最爱在北楼上看晓日，当时曾有一首幼稚而粗俗的诗：

　　　　晓日出麻姑，雾重山邱冷。小立且凭栏，俯瞩江城景。大地茫无物，一片模糊影。城楼何处是？时现复时隐。树头蠕蠕动，恍似浪里滚。风静云不流，天垂气自浑。寂寥包万象，大梦人谁醒。

　　我每想起那颗带赭红色火球似的旭日，从郊外烟雾里翻身出来，万道白霞，与绕缠不清的朝雾林霏，大肆搏战，那景象真是描绘不出，将永远地描绘不出，其实我也不想再费笔墨去重新描绘，只要有机会让我再回去看一下那晓景，也就够心满意足了。

鳌峰在宣城内的西南角上，因为邱冈的起伏，形似鳌鱼，故名。在那儿有夫子庙，有魁星阁，从前读书人有所谓"独占鳌头"的话，所以竟可以说那儿是酸秀才的发祥地了。几方里以内，除林树阴翳、丰碑高耸而外，是很少有人家的，间或有几家莳花蓄木的花木匠在结庐而居，草莱初辟，三径未荒，倒别有田园风趣，走到其间，谁也不知道那是城区以内的地方哩！

等你曲曲折折走了好几处幽畦僻径，才发现一座巍然独立的南楼，红赭色的墙垣，破烂倾颓的窗户，壁上总不免有各种笔涂的歪诗和"某月某日某某到此一游"等话头。游人在此，可以拂藓读碑，可以凭栏吊古，可以登楼看看城外山野的景象，虽然农村破落，野景萧条，但是不妨在那儿唱唱"我正在城楼观山景……"学一学诸葛孔明的空城妙计，这年头儿谁都是在唱空城计，你要不唱，除非你真的做官去。说到做官，你却又不能做诸葛先生"一生谨慎"和"鞠躬尽瘁死而后已"的官，如果那样，怕只有落得"成都有桑八百株"而已，还变得出几文钱来呢？这是废话，总之，你在南楼上高叫几句空城计应应景，就抽出身来，好了。记得我在那上面，就不止唱过一回，不过那时是少年豪兴，现在要回去再唱的话，怕要声嘶气促不复成腔了！

再要说下去，自然离不了敬亭山，山距城很近，七里而已。一路上的风景，极可爱。到山脚，有石砌的步级，一直登山。浓阴夹道，古木参天。有太白楼，在半山。爬登山顶，尤有趣，"静如练"的澄江，就在山脚下环抱着，远远望去，或曲如"之"字，或平如镜面，

"风帆沙鸟，烟云出没"，在山头上自然更一览无遗了。

　　众鸟高飞尽，孤云独去闲。相看两不厌，只有敬亭山。
　　——李白《敬亭独坐》。

　　他的意思是说，许多的鸟儿都飞完了，一片云也慢慢地走过去了，这里只剩着我和敬亭山，彼此相对着不觉得可厌。从这里，你可以知道诗人和山水的默契了！

　　敬亭山势，展开如翅，所谓群峰叠翠的便是，一起一伏，连亘数十里，极其秀丽，谢朓诗："兹山亘百里，合沓与云齐"，百里云云，实是诗人的浮夸。山上有一种特产的茶叶，很有名，叫做"敬亭绿雪"，色香并佳。

　　当我在十七岁时，祖父带我一道去游敬亭山，当时在太白楼上，对客吟哦，曾有一绝。

　　敬亭峰顶白云遮，不厌看山步当车。
　　还惜早来三两月，满溪桃李未开花。

　　那时候正在阴历过年以后的几天，春气刚动，春色未来，所以有后面两句，座客中有谓此是性灵语；大佳大佳。我自视，也不过是"诗从放屁来"而已，佳于何有？可是在春二三月中，敬亭山下，前后数里的桃花李花，满坑满谷，是够你爱的，比较龙华，相去不可以道里计了。在上海过春天，每听见人家说上龙华看桃花，总觉提不起劲来，其原因总为的自己曾经看过几次敬亭山下之桃花耳。

045~051

第六章　山乡水国说池州

6.

山乡水国说池州

前几年我在上海读曲，有些是暖红室的本子，都为贵池刘氏所刻。我之知道贵池，大概是这样起来的。不料后来竟有一段因缘，让我到贵池去住了两个月，人生就是这样盲目瞎撞，撞到哪里是哪里，"鸿飞那复计东西"，现在不妨来随便谈谈我的爪迹。

我记得从长江轮上下来的当儿，那时正是初秋之夜，夜深到子亥之交了，天上碧沉沉底没有一丝儿浮云，皓月悬空，光临江面，闪出千万朵银花来。我和几个伴侣，一同被搬上一只大划子，坐在月白风清的江心里，渚浅港深，荻芦瑟瑟，此时倘有一曲琵琶，简直便是浔阳江畔了。大轮经过的这个码头，叫做和悦洲，又叫大通，只停了一会儿，把我们几个人丢下，便摆摆身子走了。我们的划子再慢慢地荡到洲畔，投到一家旅馆里，胡乱睡了一忽儿，次早再赶上小轮船，向贵池进发。

没有到贵池县城以前，我们是先停在池口，池口离县城还有五六里路，唐宋人在池口地方讽吟的诗太多了，足见也是个名地哪。本来遵着长堤骋马进城，是很有奇趣的，可是不知如何，我们是被相迓的朋友着几乘肩舆改由山路扛到贵池西乡去了。肩舆在乱山中行了七八里，野花杂草，发出幽香，斜径上满满列着一些矮松，路虽然崎岖些，也并不十分难走，穿林过涧，不久便到居停主人处了。

主人的别墅，是在文选楼和杏花村之间。

提起文选楼，当然是大大有名的。梁昭明太子萧统的文选楼，好几个地方都有，据说这里的文选楼是最真的了。昭明在这里住得很久，连贵池县的"贵池"二字，也是由昭明而来，太子久住此地，以产鱼味为可贵，名可贵池，后来"可"字去掉，便一径叫做"贵池"了。当然此地在古代一向是以池州之名著称的。

文选楼在贵池县西五里，楼之所在处，又叫西庙，清无锡顾敏恒有名的《重修梁昭明太子祠碑文》中云：

> 贵池县西庙者，故梁太子祠也。秩祀于唐，锡号于宋。懿德之神，昭乎简文之序，炳乎王筠之册。粤稽前史，厥有明徵；眷怀此都，尤著灵异。……庙之规模，夙称巨丽，璇题纳月，金爵承云，曰文选楼，存古迹也；有殿祀其先，推孝思也。……

不过照我游后所得的印象，庙貌并不怎样"巨丽"，楼观当然更不会"齐云"，只不过前有祀殿一所，后来有楼房三间罢了！但有一点，值得留恋，静雅清洁，隔绝尘嚣，离开城市，不远，也不近，倒是对于住在这儿著书写文章的朋友是十分方便而合宜的，昭明太子也算会选择地方的了！——不但会选择文章而已也。

其次说到杏花村，据说小杜"借问酒家何处有？牧童遥指杏花村"就在这儿。虽也未必，却是杜牧之在池州做过刺史是千真万确的。所不像者，堂堂刺史，而请一牧童指路，似乎有失尊严一点，虽然说诗人的行径和俗吏本来是不同的。时至今日，杏花村不但没有杏花，连村址也不知在何处了，有的，只是一座纪念杜诗人的破而且小的屋子，说是庙，固然不相干，说是土地堂，却又寻不出神像来，所有者，残碑数方嵌在壁上而已，连小杜当年所谓"今日鬓丝禅榻畔，茶烟轻飏落花风"的风味，也无法消受呢！

两天以后，进城看看，城内一无可看，出其东门，则佳境随处都是，短堤疏柳，秋水长天，一条路向齐山去，一条路向百牙山和清溪弄水亭去，当然水陆两便，有马有船。诗兴偶发，不免来过一首：

> 萧萧芦荻氄氄柳，梦里诗情画里秋。亦是山乡亦水国，此身仿佛在杭州。

论理，杭州本来应比池州好，可是论情，我又觉得池州远比杭州深了，这不知是什么原因？怀乡老病吗？我的祖籍并不是池州，空桑三宿吗？我在杭州的日子还要较在池州的日子更多哩！

齐山距城约十里，山上以多洞出名，虽不甚高，却极有趣，顶有翠微峰，即杜牧《九日齐山登高》诗"江涵秋影雁初飞，与客携壶上翠微"者也。我由水路去过一次，由陆路去过两次，游兴固佳，文兴不佳，且抄宋人张芸叟在《郴行录》里的老文章吧：

> 齐山在州城之南，隔清溪可二里许，背溪之阳，不与大山相连，东西可数里，南北才一里，高可百步，石色绀碧，棱角隐显，百怪千状，正似人家所蓄太湖石也。竹木丛生，其上有如塑画。寺居其阳，山有二十九洞，左史、石燕、白虎、七顶、观音、小九华、紫峰，其著也。乃李白、杜牧及唐人素所游息之地。刺史齐照，日居其中，因以名焉。左史在山东首，自南麓缘

山蹊可一里余，越岭北下，穿石罅，石颇奇怪，磬折入洞，十步许，稍低，匍匐寻丈间，又傥壮丈余，乃出一洞，忽见天日，四壁削高可二十丈，浑如甄形，石色如黛，女萝樛葛遍其上，亦名小洞天。北岩有刊志会昌六年刺史杜牧建安张祐画石。石燕、左史之西，越岭少下北岩，如覆杯，可容百人，有穴西出。昼日，石燕飞翔，然捕者莫能得也。……白虎洞有石如虎蹲，人不敢近也。

好了，大致如此，宋之视唐，亦犹今视宋，风景尚无甚大殊，虽然朝代已换了几个，羊叔子的岘山之感，什么"烟没无闻，自顾悲伤"。也只不过显现其傻劲而已！

我在山顶翠微亭上，突然间，被老鹰振翅冲出，吓了一跳，此外别无他异。

清溪弄水亭两个名地，今仅有一塔高耸，外加一破落的村镇。虽然李白曾在这儿做过好诗，也不能多添我一分好感。倒是百牙山确实不错。

百牙山又叫做白也山，离城最近，河流屈曲如带，萦绕一山。何以呼之为百牙？盖指很多的牙樯，聚集山下。何以又呼之为白也？我想是"白也诗无敌"，"白也"与"百牙"谐音之故。实际上说，今日的所谓"锦缆牙樯"并不多了，小舟容与，也是有的，然而说不上"百牙"，不如径呼为白也吧！此山虽不高，但是坐在望远楼上看前面的高山，最妙不过！一层一层眼波似的水，一叠一叠眉峰似的山，绿的绿，青的青，淡的淡，浓的浓，最远的尖峰，乱插天外作灰蓝色者，九华山是也。小杜云"惟有角声吹不断，斜阳横起九峰楼"。我云"峰峦无数青如髻，天外苍茫辨九华"。

　　白也山有许多楼，许多庙，诸楼之中，自然以望远楼为胜。诸庙之中，只怕要算二妙祠有意思些，所谓二妙，第一妙是吴次尾，第二妙是刘伯宗，因为两位先生留传下来的有合刻的《二妙集》，吴次尾之与侯朝宗齐名，想大家都是知道的；刘伯宗的声名不大，故屈居二妙之次位吧！他们俩都是道地的贵池人，至于十贤祠里供了些在池州做过大老爷的仕宦之家，恕我不去提他了！

　　我记得某人赞某处曰："而于中秋泛月也尤宜"，我对于白也山的附近也作如是想，这一年的中秋，好大月亮，由东门外买舟出发，而清溪，而弄水亭，而白也山，直泛到"月落乌啼"才归。当夜曾有律诗云：

　　　　桂棹宵深泛，江湖千里思。溯洄秋水里，惆怅嫩寒时。遗世谁能独，逃名我未痴。淡然埃壒外，不醉复奚为！
　　又：
　　　　小泊黄泥阪，曈空白露零。堤杨栖倦鸟，涧草乱流萤。崇阜僧家塔，孤汀渔妇亭。行歌解缆去，烟月夜冥冥。

　　以上还仅就"秋之月"而言，若夫大涨时的"春之水"，堆银般的"冬之雪"，奇幻而变的"夏之云"，则池上风光，当另有不可言的种种趣味。可惜我只有两个月的闲适光阴，不久便离开这山乡水国的池州了。

　　这山乡水国的池州，是浑然天真，未经人工雕琢过的，因此便不免为世人所遗忘，我来捧捧场，并不是希望人们去光顾，不过聊备山水之格罢了！

附录　游齐山登翠微亭

　　池阳东南多山石，池阳城北长河碧。天造地设为吾曹，胡不蜡屐作游客。晓来约伴出南郊，迤逦千步秋杨陌。流水曲曲草芊芊，桥影流虹驾百泉。翠微春晓坊犹在，玉垒铜驼荒可怜。征车挂辖人驾肩，空赢白石卜牛眠。东西堤外秋湖水，几处轻桡锦缆旁。环碧有亭亭翼然，壁上诗留杜樊川。拂尘一读增惆怅，风流太守忆当年。四围山色如新沐，绵互回环竞起伏。不用直造齐山巅，只此已穷千里目。穿村过寺恣跻攀，嶙嶙怪石漪漪竹。我与胡子辟蹊径，披蒙茸兮履巉嶒。余子惫矣坐山腰，不肯贾勇添豪兴。狂生虬龙犹可登，竟欲寻峰览其胜。仓玉之峡何窈深，集仙有洞水鸣琴。剔藓寻碑认武穆，防坠却如深渊临。更喜幽兰香空谷，援枝几见走鼯鼪。苍崖犹疑吼可裂，羊肠崎岖感不平。辗转身已入簇笪，棘刺人衣履亦失。莽苍四顾已无人，暖曛无情驱日暄。相携还复登翠微，前山两脚催归速。须臾亭角忽惊鹰，戛然一声翀翼出。神魂乍定为展颜，异趣横生不可述。徘徊亭外却行吟，百里河山一览毕。弹丸城池池中物，长江如带带可束。南望寒树点丛山，泰朴湿云滴翠鬟。屏风九叠诸天外，剑立笏举朝天班。丘峦罗列皆匍匐，我欲凌风飞去一叩玉京关。北钥楼塔西龙树，苏白长堤亦有路。梭织远远沧波泝，指点去帆飞无数。十里清溪弄水亭，古人先我将诗赋。杜公行处没苍苔，高风渺矣未可步。满山恶草碍人游，安得命益掌火焚不留。远瞩依依恋此邱，登罢山风尚飕飗。折齿惧遭清侣愁，不如仓卒且归休。此来聊足印鸿爪，草草成诗羞故侯。

052~060

第七章　成都印象记

7.

成都印象记

　　几乎被东南人士遗忘了的蜀国故都，最近是更时代化了。马路、洋房、汽车居然在腹心的内地里，代替了石路、平房、鸡公车，——一种手推车，车上供着一把太师椅子，或草垫坐位，专推客人走路的。——这是值得庆幸的，还是值得悲哀的呢？一位留学法国的四川朋友告诉我说："成都地势，活像巴黎，它将来有变成巴黎第二的希望。"我想："假如成都会变了巴黎第二，我们这老大古国，在国际间不知已改变到什么地位了。"

　　成都人和成都市，在在都现出一种"幽闲恬适"的神气，虽然每天早上，乌鸦们在屋顶上到处是咕咕哑哑地噪着叫着，使得新来做客，没有听惯这种声音的人们，感觉得麻烦讨厌，几乎要把"幽闲恬适"的赞辞都给推翻了。可是你一走上马路，所看见的蜀国人士们，慢条斯理，文质彬彬地踱来踱去；一走进公园或茶馆里，他们闲着嗑牙谈天，雍容不迫的劲儿，会使你立刻感觉到"幽闲恬适"的招牌，是无论如何下它不掉的。

　　乌鸦之多，当然因为成都城里多树；"中庭月白树栖鸦"，鸦在树上栖着，自然寂寞有趣，自然会使诗人咏叹起来。可是当乌鸦"一声声叫喳喳何处喧哗"的时候，就要令人们不安起来，因为它妨害了熟睡沉沉的瞌睡汉。

　　当乌鸦正在屋角树头上飞的时候，我起来上少城公园了，少城公园是成都市内比较大的公园，据说风味和北平中央公园相仿佛。少城原就是前清旗人住的区域，少城边近的胡同，简直和北平的胡同没有二样，房屋也是矮矮的四合间，朱漆门上的大铜环，和园墙内伸出头来的花枝儿；连胡同内的垃圾臭水，也是和北平不约而同的在大门外陈列着。我出了胡同，经过少城内的街市，不远就是公园了。公园的确还不算小，不过建筑物比北平中央公园差得多了。很远就望得见的一座高塔，是辛亥年四川保路同志的纪念塔，关于保路的历史，郭沫若在《反正前后》里记载得很详细。我在塔下所看见的，有不少青年男女争骑脚踏车，在练习着西洋送来给我们代替行路的新颖方术。旁边有一块长方形场地，有一个老者，在练习着显见得是落伍的射箭游戏，——射箭虽也是武艺，在今日只能算是游戏。——东方的和西方的新的和旧的文明，在这里分明露出它的端倪了。

通俗教育馆设在少城公园内，几个陈列室，颇费了当初创办人的心力，可是现在管理者似乎欠了一点精神，门儿常常关着，从门窗外就可以嗅见里面的灰尘气，也许走进去，蛛丝会缠住你的头颅哩！

不知道是公园里的花，有吸引人的力量，还是公园里的女人有吸引人的力量，每天游人往来不息地穿织着。成都的花，在古代就与洛阳的争美；成都的女人，在今日居然也足与津沪的争时髦了。花是红白粉披的点缀在池边石畔；女人是电烫的蜷发、高跟的蛮鞋，徘徊于林下阶前。

都市之美，林泉之乐，在这儿都全备了！

关于吃的，成都之味有甲于天下之称，小馆子里的豆腐花、泡咸菜，是任何地方寻不出来的最经济而平民化的好味道。精美而贵族化的，有聚丰园之烧鸭，有姑姑筵黄老头儿的各种拿手好菜。爱阔的朋友，还常常在西餐馆里请客，香槟酒、白兰地、雪茄烟、加里克、三炮台，四倍五倍于上海原售价的，这里都一无所缺，如果成都可以变成巴黎第二，这些都是促成巴黎第二的先锋队吧。

虽然在同一疆域内的另一面，吃的是臭烂酸菜煮成的糊，号称观音土的泥类，是他们正式的道地的中国餐，不过那是另外一回事，与成都人的生活，根本不生关系。有一次我在餐会上，和一位欧洲留学回国的四川同志谈，谈到我们将到川北农村最凋敝的地方去走一走，他似乎夷然不屑。他说旅行是他所爱的，可是川北那种地方，他无论如何不愿去，因为犯不着吃一些冤枉苦。从这里，我们便可以了解最高等的川人，也可以了解受外国教育者的身份了！

成都是没有夜市的，上饭馆酒店，照例是要在太阳未落山以前，天暗了你要解决肚皮饿的问题，那真是千难万难了，当我第一夜在成都找饭馆，不知吃了多少次的闭门羹，伸着头向饭馆内一探，见凳儿椅儿早已一律上了桌面，翻转身伏在那儿休息了。地下早已扫过，电灯也关熄着，伙计们说不定已在柜台上打铺盖，对于顾客，不但正眼儿也不瞧一下，有时还骂你一声冒失鬼，你只好有冤无处申哩。看看表，恰巧才指到七点三刻罢了。

黄包车夫到了晚上八九点钟，便一律拖着空车回家去睡觉了。到这时，你最好是莫开尊口去雇车，不如迈开大步自己走的好，不然，拉车的人，也要怪老爷们不识时务了。虽然你睡到枕头上，还时听见街上的汽车喇叭叫，不过那你可莫要管，他们有的是口令和护照，关你什么事哩。

在成都恰巧遇着废历新年，这真是我一生的好机遇。我一向在家乡就很看重过年这回事，看见人家欢欢喜喜地，我也不得不跟着欢喜，成都人直到现在，还是很热烈地过旧历年。除夕那天晚上，朋友们都到隔壁人家喝酒守岁去了，我因为明天清早要趁热闹去，独自对着一支红蜡烛出了一回神，不久便上床睡了。翌日元旦早上我坐着车子出城，向武侯祠赶去。成都的风俗习惯，正月初一这一天，人家起身开了财门以后，为图一年顺利起见，要看准吉利的方向奔去，直奔到精疲力倦再回家，这样，这一年准定走好运。今年运气在西南方，阖城的人都正对着西南方向走去。我们出门的人，为图个"出行大吉"的好兆头，不免也去随喜一番。果然走出了城，人山人海，万头攒动，拥挤不堪。车子在距城门口有一箭之遥的地方，就被武装同志禁止着不许通过了。下车走了两里路的光景，熙熙攘攘，好一派升平气象，有的人在跑马，有的人在推车，卖东西的，除卖食品外，以儿童的玩具为最多。大路上走不通的时候，找运气的人也只好落荒而走了，田埂上，草泥地上，菜园或豆畦里，都有人的踪迹。忽然后面汽车喇叭一叫，推鸡公车的连忙让不迭，灰尘起处，闪出一条甬道般的地方，让车过去，汽车上坐的，当然是花枝招展的人儿，又不知哪一家公馆内的官眷了。车过了，在路上走的人又合拢起来。

走着，走着，"锦官城外柏森森"的丞相祠堂到了眼前。鼓着勇气，挤进去。前面是昭烈帝祠，中供先主，两旁为关张，两庑有的是蜀汉当年文臣武将的各个神像，树林之下。石碑之前，满满地搭着茶篷，吃点心的，嗑瓜子的，说说笑笑，喊喊叫叫的，闹成一片。烧香磕头的，都到塑像的神龛面前去了。我们一直朝后走，走到诸葛亮的寝宫，这才明了我们的先帝爷和军师是合庙的。军师当然是高高上坐和戏台上一模一样的打扮着。楹柱上的联语虽多，我们也无心记忆，急于要上昭烈帝的陵墓去。

四围是圆圆的一道城垛式的高墙，箍住了小山阜似的坟冢，冢头高出庙的屋顶数尺，气象也可以说是伟大了。几棵落了叶的树木，和一片枯黄的坟头草，据说这下面就长眠了当年曾轰轰烈烈做过一番的汉刘备。碑上刻着"汉昭烈帝之陵"几个大字，从侧面小门，挤上冢头，冢头上还有一块宽宽数方丈的面积哩。一位说大书的，高踞在冢头上说大书，许多听众或立或坐的在冢的倾斜面洗耳恭听着，大约就是说的三国演义吧，这真正是本地风光了。不过，"丰碑指出陵园地，赢得坟头说大书"，恐怕这非我们大耳皇帝当年所及料的啊。

循着西南面的城根，经过现在为邓锡侯所有的百花潭，隔着水没有去游览，就一直向青羊宫去了。青羊宫的庙址，果然宽宏，最大的宝殿是一气化三清的老子庙堂，庄严得着实要令人为之肃然。可是宝座前匍匐着的两只小铜羊，光滑滑的，被人们左摸一下胡子，右抚一下下颔，据说摸抚两手，准可以得福消灾，这又不免要叫人发笑了。隔壁有二仙庵，我们没有去，因为我们的目的地是在草堂寺。

草堂寺离青羊宫，不过里半路的光景，沿着杜工部的浣花溪，向前走去，春色刚染上了柳梢，溪水在汩汩地响着，仿佛想见诗人当年曳杖行吟的神态。只是当年境地，也已太变得不成话了。草堂变成了寺院，寺院里又点缀了三个小茅草神龛。中间一个茆龛，供的是杜工部，左右两边，却又供了一位黄山谷，一位陆放翁。茅屋顶偏又破得不成样子，雨水打得三位大诗人，面目黧黑，狼狈不堪。一个恶作剧的朋友，从茅龛背后，蹑上了工部身边，向工部做了一个鬼脸。诵工部《茅屋为秋风所破歌》，诗人是无论在生前在死后，都要受茆屋之厄，我们将怎样能为我国一代大诗人解嘲呢？然而草堂前还皇皇地悬着"安得广厦千万间，大庇天下寒士皆欢颜"的横额，这不是有意在开他们的玩笑吗？

草堂前的地面上，满满铺着各种石刻，游人挤来挤去地逡巡着，我们在此时却幸而遇着欢迎我们的朋友了。有几个男的，也有几个女的，他们拉着我们寻着一间不易寻着的茶座，大家坐起来，学学成都人吃茶谈天。

成都人的健谈，往往为我所最钦佩的，有时一谈几个钟头，娓娓不倦，而且声浪并不是很低的，"惊座"的陈遵，到处可以发现出来，这也许是蜀国特产的天才吧。等我们从草堂寺归来天色已经是很晚了，我们一直回到城内最繁盛的春熙路，这儿，电炬通明，汽车之声不绝，商店里的各种洋货，证明了四川近年来有惊人数目字的入超。同伴们提议看电影了，戏馆是在青年会隔壁，片子是《三剑客》。我在这里面发现了几个小小的奇迹。第一是影片每开到一二十分钟必中断一次，甚至几分钟也要坏一下，然而看客们丝毫不以为异，还很耐心地守着，观众们都不发一声地静下去，直等到片子复活时，大家仿佛苏生一般的又看下去。第二是一个口操四川土语的说幕人，在银幕对面楼上高坐着，大声疾呼地唱出剧情来，他代替了说明书的任务，有时极不需要的解释，他也不惮烦的替大众们解释。第三是某军长带进来六七个女同志，左顾右盼，得意忘形，在花楼上高坐昂然，他仿佛忘记了前线将士们正在恶战，携着所谓"爱人"，恣情享受。这些，都是我在电影馆里一刹那间所发现的小奇迹。

电影馆外的奇迹更多了，街上有辉煌的金字大招牌，写着"坭庄"二字，你知道"坭庄"是什么呢？僻巷里铺门口垂着"谈心处"的布帘，你知道谈的是什么心呢？等你回到寓邸里睡着，五更头会有武装同志们，打开门来搜查你的行李，你知道又是什么一回事呢？

来成都是为看教育，姑且先从国立大学看起，虽然有名的华西大学也在成都，但因为与我国无关，只好先屏诸不论。

历史上著称的皇城，俗说原就是刘备做蜀汉皇帝的金銮宝殿所在地。其实是骗人的话。绝没有千年古城能保持到现在的。看它年代，至多不过几百岁罢了。有人考证出来，皇城实为王城之讹，是明代封世子为蜀王时建筑的蜀王城。皇城也罢，王城也罢，反正它总是古色斑斓的一座旧而且老的宫城，里面摆起一座庄严静肃的最高学府来，不可说不是地位相当了！

　　当街三座石牌坊，方方四五尺大小的刻石，刻着"为国求贤"四个大字，一条石路走进去，便是三个大门洞的城楼，楼没有了，城垣上长些青草，外面挂着"国立四川大学"的标识。穿过厚厚的城门洞，仿佛是在游明故宫了。在大学附设的存古书局内，我买了井研廖季平的经学著作，和教授林山腴的《清寂堂诗录》。廖季平去年死了，著作却在这里出版发卖。这大学是以古老文章相标榜的，只要看林老夫子《示儿》诗，"五际四始谈革命，那知世有胡适儿"，这一类骂人的话就知道了。其余集子里捧戏子明珠的佳作也不少。我捧了清寂翁的佳作，走遍了"清寂"的学府，真是静悄悄地，四下里没一个人儿，据说放寒假业已一个多月了，破纸窗秉承着东北风的命令，在各个教室前絮叨叨的细语，阶沿上长起茸茸的绿苔，寝门外丢着满地的纸屑儿，这样一走，匆匆的就想出去了，一重厅，一座楼，一排走廊，一条甬道，我的足力确有些儿乏了。在最伟大的敞殿前，我发见了别人刚坐来的一辆胶皮车，我坐上了，一直便拉回了寓处。四川朋友告诉我，去年政府当局曾有拍卖皇城的动议，后来因教育界激烈反对，才作罢了，前年冬腊间的成都巷战，以皇城内煤山为凭藉地，这都是如何不幸的史实啊。

补白

嘉陵江上见人送别

此日销魂竟若何？嘉陵江上听离歌。西游我亦轻为别，春水今年见绿波。（嘉陵江水，深碧可爱。）

别成都过龙泉驿

雨罢登车别意滋。依依杨柳系人思。龙泉驿上花如雪，正是芳菲客去时。（时梨花满山，白如积雪。）

过郎当驿唐明皇蜀闻铃处

山深坡险驿荒凉，凄厉风催客断肠。蓦忆"雨淋铃"夜里，千秋一曲李三郎。

061~065

第八章　出剑门关记

8.

出剑门关记

> 衣上征尘杂酒痕，远游无处不销魂！此身合是诗人未？细雨
> 骑驴入剑门。——陆游

游蜀两月，在成都过的新年，本不想再北进了，无如为了一个号称天下雄的剑门关，委实有"不到黄河心不死"的穷心！索性再摒弃掉一个月光阴尝尝古代旅行的滋味吧！虽然我不能像诗人陆游一样，在细雨中驴子背上走进剑门，我还是可以逆着风冒着雪在马鞍上冲出剑门的。

却说一路上晓行夜宿，走了七八天工夫，才走过剑阁县，真个是合了四川小客栈门口纸灯罩上常写的"未晚先投宿，鸡鸣早看天"那些话了。

剑阁县当然是因为剑阁而得名，但剑阁却不在县城内，它却在离城八十里的剑门关，剑门关原来就是剑阁，两个名称，一个地方。我从小读白居易诗，读至"云栈萦纡登剑阁"，在当时就有一个错觉，以为剑阁这个地方，一定是在一座如剑矗立一般的高山上，有一巍然独耸而飞黄流翠如宫殿式的高阁。谁知跑到剑阁县的时候，先给了我一个惘惘然的大失望。所谓剑阁县，并不是像我理想中那样雄壮而美丽的地方，实际上是陷落于万山中的一座陬隘而卑陋的孤城！我们登剑阁，是走的黄泥或石板的大路，所谓剑阁栈道之险，业已成为历史上的名词了。并且白诗中所谓云栈的那个东西，早已就不知去向了。

可是读者们不要真个失望，雄壮而美丽的剑阁，还是在企待着你

去看哩，不过要等你离开县城再走一天的路程罢了！

迎面吹来大北风的严寒天气，我们虽然没有"马后桃花马前雪，出关怎得不回头"的感想，可是冒雪冲风出剑门，也似乎有些儿砭人肌骨的小苦味。但一想到"马后桃花马前雪"的那座山海关，人家是逼着你不得不回头躲进关，不但关出不成，而且进一步人家是要"马前桃花马后雪"的就将实行进来看桃花了，你到底让不让他看呢？这是我正吟哦中国旧诗之余，而又正在出剑门关的当儿连带感想起来的。

在我，还是看剑门关要紧，加上一鞭，离开了剑州（即剑阁县）。走到下午，经过一条高冈，延长像平桥般的所谓"山隈濠梁"，在上面走的时候，远远便看见大剑山和小剑山的姿势了。参差错列，高耸着七十二个峰头，像牙齿一样的编着，铁锯一样的排着，青螺如髻，雾鬓风鬟，古人拿山来比美人，拿美人来比山，真有不可言状的佳妙处。尤其是在我看罢了云里的剑山以后，兴趣更特别的浓厚起来！

我所看见的四川有两大奇美，以前看的是巫峡，巫峡之奇美在纵而长；现在看的这个剑山，与巫峡却又两样，它的奇美处在横而长，一纵一横，构成了大地奇观，让我一先一后地纵览了一番，自诩是眼福不浅！

我们在夕阳西下时，到了剑门驿，驿店只有几十家，因为这些驿店，是古代上京赶考的士子们寄宿的地方，我讽吟着"鸡声茅屋月，人迹板桥霜"和"世间何物催人老，半是鸡声半马蹄"等句子，竟仿佛我们前面的目的地也是长安了！

刚把行李放进了小店，大家面都没有揩、茶也没有喝，就向离驿只半里许的关口跑去。未到关口，只见一阵阵似烟非烟似雾非雾的云，从两山夹峙的谷口里流进来，缭绕着，氤氲着，我们知道再走出去，那便是剑门关外了。

一座很雄伟的古代建筑，下堆城堡，上矗高楼，远远看见的"剑阁"二字，做成匾额一方。关上还有"天堑雄图"、"蜀门镇固"等石刻，联语及碑记也很多的。

两山中间，只有这一座关，有门可通，其余便绝无路径。关之右首，下悬深涧，险石峻崖，令人望了都生畏惧之心，不要说是走过了。

走出关门，循斜坡而下，走到低处，再抬头向上一看，可更要令你挢舌惊心叹为观止了！所谓"峭壁平分，重崖相嵌，如剑斯植，如门斯辟"者，信非虚语。西面高山，崖石环列，巍然高耸，活像天工开凿的城垣，而又直入云表，凛不可攀。其下崩石沉溪，怒雷轰涧。我们对着山大吼数声，真个便山鸣谷应起来。杜工部曾经替剑门关形容得淋漓尽致：

> 惟天有设险，剑门天下壮。连山抱西南，石角皆北向。两崖崇墉倚，刻画城郭状。一夫怒当关，百万未可傍……

杜老的形容，到了今日，却又不适用了，纵然是一夫怒当关，假若头上飞机响起来，当关者恐怕也只好不怒了吧？

看剑门关，最好是从关外仰望剑门，从关外向关内走。陆游的一个"入"字，真得着游的三味了！

我们这一批出剑门关的人，坏在一个"出"字，所以做不出好诗来。我偶然由出而入，也可以说是由下而再上的，鉴赏着斜阳西射的晚景，不免聊为效颦道：

连峰七二乱云环，绝壁天城未可攀。
我自孤吟行剑外，夕阳无语上雄关。

066~073

第九章　温泉峡和南泉乡

9.

温泉峡和南泉乡

巴县附近有两个温泉，一个叫做南温泉，一个叫做北温泉。这南北二温泉，各有各的好处。北温泉的环境，仿佛是个活泼秀丽的美人；南温泉的环境，仿佛是个敦厚质素的好女。换句话说，南温泉是"仁者"，她是山多于水而胜于水的，这就叫做仁者乐山；北温泉是智者，她是水多于山而胜于山的，这就叫做智者乐水。虽然同是温泉，同是因为水的关系而受人们的欢迎，但是她们的环境烘托着，实在是迥然有别。并不是因为鉴赏者的眼光不同，便生出"仁者见仁""智者见智"的私见来！

因为游览先后的关系，让我先写温泉峡然后再写南泉乡。温泉峡便是我以上所谓的北温泉，南泉乡当然便是南温泉了。

（一）温泉峡

从巴县坐小轮，溯嘉陵江北上，约行一百余里，便是小三峡的温泉峡。小三峡一个叫做观音峡，一个叫做沥鼻峡，一个就是温泉峡。温泉峡是介乎观音峡和沥鼻峡之间的。

嘉陵江的水色，绿得可爱，深处如黛，浅处如碧，真是少陵所谓的"石黛碧玉相因依"。如果一件白色衣裳落下了水，真疑惑可以染成青苔和绿草一样的颜色。我们虽然没有破碧浪的双桨，点春波的轻篙，可是一路上飞浪花溅碧珠的机轮，也另有一种新的趣味！两岸青山上点缀着新绿的树林和田畴，造成了整个的绿世界。船行小三峡里，和行大三峡里，气象又是不同，大三峡里是一派萧森严肃的意味，小三峡里另具一种清幽恬穆的风趣，虽然也有大石横流，峭崖高耸，可是绝不给人以险怪畏惧的刺激。过了观音峡，就是北碚镇，因为在北碚参观多种乡村建设事宜，耽搁了五六个钟头，等到我们上小划船上温泉峡去的时候，已经是晚烟四起夕阳西下了。虽然从北碚到温泉峡，只有几里的水程，可是小划船一路上咿咿哑哑地好像鸭子戏水一般，特别走得慢。又是逆流，无论撑篙划桨，都觉得十分费力。

天黑了，天上只有几颗黯淡的星光在眨眼。进了峡的船，船头的人在开始发大声讲话了。因为峡里水流极急，像沸汤一般的滚滚而下。两山的黑影，倒压到水面上，射了两条界线。同游的朋友，高声歌唱起来，打破了四下里的沉寂，一时山鸣谷应，有一阵阵的回声送过来。

当我们听到飞瀑潺潺泻下声，用电筒照去，瀑布上蒸出一层层的白雾，热气向外直喷，我们便知道离温泉公园不远了。温泉公园里面，除浴室及游泳池而外，旅馆餐店，无一不备。我们上了趸船，摸上了万竹参天中的一条石阶，曲曲折折拾级而上，寻到一家名叫农庄的旅馆住下来。第一件事当然是叫馆役引我们到温泉里去洗澡。浴室名叫浣尘，温泉的温度，恰恰适合体温，因为是夜间，我们都只在隔开房间的内室里，放开水管，忽了一次浴，并没有到大池里去游泳。

第二天清早起来，四下里巡视一番，才晓得我们已把我们自己的身体，放到最美丽的仙境中来了。后面倚靠着层峦叠嶂，前面下临着深峡碧流。农庄的左面，梅花百数十株，或红或绿，都似乎在呈着笑容。楼上卧室前有一排栏杆，可以凭眺一切。我徘徊了一会儿，再下楼向佛殿前走去，原来这温泉峡里，本就有一个温泉寺（一名广德寺），寺前方池半亩，高卧长桥，桥下有热气直喷的泉水，在温泉里住惯了的游鱼，长可七八寸许，三五成群，一会儿逐到桥东，一会儿逐到桥西，得意洋洋的，十分有趣！我生平看见在热水中游泳的鱼，这还是第一次哩！

乳花洞是温泉峡的胜景之一，经过所谓桃源道和龙湫道，就是飞雪岩，倒泻清泉，如乳之融，如珠之翻，如水晶帘子之高挂。再进，便是乳花洞了，洞深黝而狭长，石质都是和碎沙一样的东西凝结而成的，而又一注一注像乳头般的倒垂下来。有些石乳头上滴下白色的泉水来，这便是"乳花"二字的来源了。再向里面走，据说越走越深，一直通到缙云山，有数十里路远哩！我们只得从一个有缺的洞口翻出来，却又豁然开朗，到了一块精致的地区上，真是别有天地，有关谷、听泉亭、琴庐、磬室等点缀风景的建筑，也是有钱的公子哥儿甚至于姨太太们享福之地，每年夏天，这儿嵌花三合土的路上，有不少烫头发薄旗袍高跟鞋的所谓时髦女人，跟着背武装带子弹的大人，来此享受。想不到这儿竟居然有古代吴王宫的"屦廊"、"香径"！而且不但"屦廊"、"香径"而已，那边的温泉，岂不又是常常有唐明皇"春寒赐浴华清池，温泉水清洗凝脂"的贵妃出浴图吗？

时代英雄们的雅意经营，使外来的旅客如我辈者见之，诚不胜其流连感慨之情！

温泉寺后半山腰里，有宋代石刻像二尊，沦没于荒烟蔓草之中，我们去寻了一回，不见踪迹，结果，还是幸亏一位斫竹竿的小兄弟，领我们披荆斩棘的上前去瞻仰了一番，石像系就两块黑黝黝的大石上雕凿而成，衣冠当然是宋代的装束，须眉栩栩欲活，古意盎然，可惜我对于雕刻是门外汉，考古学更是茫然，查不出它的究竟来！去年太虚法师到此游历，有句云，"花洞游归看石像"，总算我们这一次花洞也游了，石像也看了。下午再到温泉游泳了一次。游泳池分内池外池，外池之水较深（可七八尺许），内池之水较浅（只五尺），内池在房子内，外池在天空下。泉的来源，由岩洞流到内池，再由内池溢出，输入于外池，无论流了多久，始终水是暖洋洋的。人体浸进了水里，放出一种晶莹润泽的颜色，真有趣极了！

浴罢归农庄，便是我们要匆匆回渝的时候了，这样的好地方，可惜为生活忙的人们，不能久事勾留。一宿之缘，竟叫我一世不忘，温泉峡美的诱惑力，不可谓不大了。

（二）南泉乡

细雨吹丝寒食路，渡江初过海棠溪。

荒烟漠漠苍波外，野墓萧萧古寺西。

马径新开云步石，山腰绿破水田泥。

南泉乡里春如梦，留到江南路欲迷。

这一首诗是作者从巴县过江，经海棠溪而往南泉乡的路上写的。土人的口里没有什么南泉乡，他们只自叫南温汤，南泉乡三字是用在书面上的。巴县到南泉乡，只有五十里路，海棠溪在长江的南岸，过了海棠溪，翻过南山，虽那上山路是大石宽阶，但因为山坡高的原故，却也颇为费力，登高回看巴县，全市在望，扬子和嘉陵的水，紧紧的把喧嚣繁盛的都会缠着，亿万人家，因山为市，堆积在一个半岛上面，好像一只万有齐备的大船，在水面上漂浮起来的样子。这时候，细雨纷纷，远江笼雾，山头有好多处，忽然鸣起鞭炮来，纸灰飞扬，不觉得引着远客注意到白钱青冢上去，知道这正是寒食节气了！

南山上有一个小镇叫做黄葛垭，黄葛垭再过去便是上南泉乡的山路。有马可骑，有轿子可坐，四十几里的距离，只须两个钟头就达到目的地了。

南温汤在乱山中，有几十家户口倚恃着温汤为活，最近设立了一个南泉乡温泉公园事务所，于是大的旅馆也添了好几家，漂亮的店面也开了好几爿，别墅是阔人们行乐之窝，学校是男女青年造就之地，我们住的青年会南泉分会，和乡村建设实验区各据一山，遥遥相对。

温泉在镇中，泉的水质，含着多量的硫磺，常发出一股硫磺的气味，和北温泉含石灰质甚多者，水分不大相同，功用亦各有异。据说石灰质的温泉可治肠胃病，硫磺质的温泉可治皮肤病，好在我是肠胃皮肤都没有毛病的人，只管胡乱去洗它一回，且不问它是否真能医病。浴池分男女二处，男浴池的设备不及北温泉，温度却相仿佛，能令你洗浴后出一身的汗，虽然浴室的房子上半截没有墙和外边的冷空气是流通的。

第二天一早，在青年会的楼上，赏一回四面青葱的山色，听一回山后潺潺倒泻的泉声，再下坡，在市镇口石桥左近，雇一只划船，游所谓五里之溪。两边黑白黄三石驳杂的岩石，壁立千寻，似乎要向我们坐的小舟上直压下来，平水窄谷，曲折入画，春裙漾绿，点破轻篙。次过所谓"飞泉"，泻瀑布的地方，水已干涸，自山顶以至水面，一条高数十丈阔二三尺的岩石上，满长了绿茸茸的苍苔，空挂着泻水的平滑痕迹罢了。转一个弯，忽见一片平滩，有天生扇形的黑石，上镌白字曰"花溪滩"，小草香花，风来袭袂，我偶然拾得两句，"苔溅飞泉绿，滩来野卉香。"

再向前进，有一悬崖，石上大书一行金碧辉煌的端楷字，文曰：

"王向氏殉节处。"我们就拿这个典故请教送我们来游的船夫。船夫说："这里有一家姓王的，大儿子死了，公婆要逼姓向的媳妇儿转房，媳妇不肯，被逼得无可奈何，竟偷偷地跑到这山头上，奋身一跳，可怜就死在这岩底下了。"我们不懂转房的意义，后经询问，才知道此间有转房的风俗，哥哥死了，妻子便转把弟弟；弟弟死了，也可以转把哥哥为妻。这就叫转房。姓向的媳妇不肯转房而投水，是真为的殉爱呢？还是别有原因呢？我们局外人是无从知道。可是最妙的要算这位立石纪念她的乡绅先生了！提倡贞节么？转房的风俗就不应该存在！转房的风俗未除，却要假装斯文提倡贞节，岂不是大大的矛盾吗？

小舟摇过小温汤，上岸去游览一回，小温泉为私家所有，水质和南汤差不多，因为地方清净，妇女来此就浴的甚多。

后来船直抵新堤坝（又名同心坝）溪水尽处始回。回镇以后，参观乡村建设实验区。区长王平叔，是山东邹平县梁漱溟村治主义下的实行者。此间原为乡村师范，自王等来后，始改为实验区，现有男生二百余人，女生五十余人，该区学生，无一定毕业期限，经过若干学习时期，视其知识能力足以解决各种乡村问题即分发各乡区工作。工作分乡政、建设、教育三课。（一）乡政课：主理组织、调查、统计、登记、选举、制订公约、自卫、储备、救济、息讼、调解等。（二）建设课：主理农作改良、造林、畜牧、家庭工业、各种合作社、交通、卫生、测量、借贷所医社医院等。（三）教育课：主理小学教育、民众教育、成人补习教育、家庭教育、幼稚园、艺术馆、自然科学研究所、图书馆、礼俗改良、公共娱乐等。该实验区内在试验期间，将来能否有很好的效果，现在还不敢决定，不过该区内自区长以至办事人的刻苦奋斗脚踏实地去干的精神，却甚可佩，学生也很晓得用功，似乎前途不是全无希望的。

后来我们又到实验区后面的一个山洞里去游览，洞名仙女，内景很和杭州的烟霞洞相似，可惜泉水淫淫，（并非温泉）不能深入，数十武以内，拾级而下，黝深处，全为泽地，曾有人贸然进探，失足坠崖下死，经引导人的警戒，我们便裹足不前了。

在这一天的下午，我们因为参观业已尽兴，就依然循着旧路回到巴县。南北二温泉，总算已草草看过，了却我们的一桩心愿，安得稍有暇日，在这两个地方，各住三五个月，好好养息一下我这个疲乏的灵魂，多多薰沐我这个卑污的躯壳呢！

074~078

第十章　帝乡

10.

帝乡

这儿的"帝"，不是王天下之号的所谓帝。乃是察道者帝的帝，帝而有乡，当然值得我们"心向往之"的了！"帝乡不可期"，古人的话，并不一定可信。

帝乡里供奉的是所谓文昌帝君。我在故乡安徽发蒙读书时，就已和文昌发生了关系。第一，我们的小学设在文昌宫里；第二，我们的习字范本，就是所谓文昌帝君百字铭。

文昌帝君到底在哪儿？当时我也曾问过先生，先生给我混账的回答，说是魁星菩萨的化身。被他欺瞒了多年，今天才算让我自己找到文昌帝君的老家来了！

文昌帝君的香火策源地，乃远在四川北部的梓潼县。它的势力几乎驾过关云长老爷，信仰他的人，真个是历千秋如一日的至今馨香祷祀之不衰，号其所居曰帝乡。

帝乡所在地，俗名又叫做大庙山，离开梓潼县只不过廿四五里之遥，一路上的古柏参天，每隔三五步，便有一棵，几个人围抱不来的柏树，如此一棵一棵的一直排过了大庙山，树身上挨次挂了第几千几百几十号的牌子，气象整肃，表示拥护这伟大庄严的帝乡。大庙山上则披龙鳞似的满满地栽着小柏树。严冬过此，极感森寒。若是夏天，便大有凉风习习的快感了吧！

不知是天上文曲星的话不是，这儿有所谓九曲之水，也有所谓七曲之山，都是帝乡的胜景。果然山水都有些曲折清幽之趣，但我不愿过分去揄扬它，否则人家真个认为是仙境，那可就糟了。因为如今无论是仙是帝，都庇荫不得老百姓。民生之苦，证明了这儿只可以作帝乡，而不可以让人住的。诗人说："结庐在人境"，人境究竟还没有被我寻着哩！

却说帝乡的建筑，壮丽崇闳，远远的在山麓之前，便高拱着一座牌楼，大书"帝乡"二字，上山时又有二额。一曰："山海寺观"；一曰："凤龙胜概"。庙前是一座照壁，有"壮观天地"四个大字，真正气概非凡，我们爬上了宽阔而高峻的石步阶，一直走进山门，第一映入我们眼帘的，便是石碑上镌刻着各种大洞经、阴骘文之类，据说这些都是文昌帝君的大作。大殿上香火不甚旺盛，帝君却文文雅雅地大坐在龛内，当然五绺三须一个白净面孔代表着道地的东方人的漂亮相貌。唐朝大画家吴道子先生曾替文昌绘过一张在松下盘桓的圣容，那是用石刻出嵌在梓潼城内文昌行宫里的。正殿后的建筑，还有些什么桂香殿、百尺楼、风洞楼、家庆堂、时雨亭，都是檐牙高啄，可见古代建筑之美。最可注意的，还有一座叫做启圣祠的，是供奉着文昌的父亲，这启圣祠颇相当于孔子庙后的崇圣祠了，按《梓潼县志》，文昌本名张亚子，[①]是晋朝人，并且做了两任官，后来因为母报仇，弃官不做，杀掉他母亲的仇人以后，就躲避到这儿来做老百姓。土人受其感化，于其死后，便奉之为神。我因此想到孔子之所受官家礼拜，文昌之所以受平民礼拜，其意义不难于此中窥得了。不过后来何以文昌帝君的势力竟能普遍全国？也许是几卷大洞经、阴骘文的讲究吧！

①顾颉刚《古史辨》第一册自序六十四页说："文昌本是北斗旁的星，但到后来变成了晋将蜀人张恶子。""亚子"又作"恶子"，想必另有根据，很惭愧，我竟不知道他的出处。最奇怪，《晋书》上也没有他的传，虽然第一百卷上有张昌一篇传，那显然是与张亚子或张恶子毫无关系的。

在明末，流寇张献忠窜蜀的时候，四川人几乎被杀光，但是见了张文昌，却毕恭毕敬地做了一篇出自肺腑的大文去祭他。原文是：

咱老子姓张，你也姓张，咱老子与你联了宗吧！呜呼哀哉！尚飨。

由此足见张献忠也想借重借重文昌，虽然草寇也脱不了宗族观念，却是文昌实自有其不可磨灭的魔力！至今庙宇仍有一座正殿，是明代的旧建筑。后人曾于殿后塑了一个绿袍金脸的张献忠肖像，不料到了乾隆七年，又被绵州知州安洪德毁灭其像，另立一碑，痛骂献忠一番，难道这就是报复他杀人放火之罪恶的办法吗？

庙里道士为的我们远从上海而来，不免特别客气，领我们到各处参观，一有处名叫文昌洞的，窈然而深藏，据说是帝君当年居卧之所，或者为的怕仇人寻着，所以如此韬晦吧！

对山门有盘陀仙迹，是一座石台，上筑石屋，屋中塑了一尊小的文昌像，盘膝而坐。其前有应梦仙台，石床一、石枕一，预备给寻梦求仙的信士来打盹的，其意义颇相当于美洲珞玑山的睡乡，和吾国衢州的"烂柯大梦"。我们倒真想在这儿静卧几宵，以便回到隔开几十或几百年的另一世界里去，看许多不同的新鲜花样哩！可惜还不过是在这儿说说梦话罢了！

在帝乡里最出名的古物，只怕就要算是一株晋柏了！四面是用石头砌成的高围墙，其上露顶，墙内撑出又高又大的一棵柏树，树皮剥蚀，已变白色，全身枯槁得竟像化石一般的了。可是老干纵横，现出仿佛在伸着臂膊要抓云拿日的姿势。诵老杜："有柏生崇冈，童童状车盖。偃蹇龙虎姿，主当风云会。神明依正直，故老多再拜。岂知千年根，中路颜色坏"的《病柏》诗，不禁要在这儿"抚孤'柏'而盘桓"了！

　　墙的外面嵌石碑一方，记清初某邑宰子砍此柏忽发狂痫的故事，则未免故神其说，与西湖岳墓前的古柏，同属一种敷会的佳话罢了。

　　我们回到道士的茶座里，吃了一些点心。道士说：明天（废历正月十一日）大帝要下山进城去了。梓潼城里，在这一天，照例有一次盛大的会。有许多人士上山来迎神，迎接宝座到城内行宫安置，以便赛会。不过近来因为世道太坏，着实冷淡些了。老道士并且留我们过了明天的好日子再去，我们因为要赶到前线上去，没有领他的好意，就在这一天的下午赶下了山，离开这四川省里的一块名胜地——帝乡。

079~088

第十一章　都江堰与望丛祠

11.

都江堰与望丛祠

在成都住了几天，因为酬应频繁，感觉得有点儿厌倦了。我们想跑到远一些的地方去看看，后来决定到灌县和郫县去，一天工夫可以往还，这是不碍于我们出发到西康或川北考察的行期的。

灌县距离成都不过一百二十里（或云一百四十里），长途汽车三四个钟头可以直达，而郫县在灌县与成都之间，是我们必经的地方，所以也不妨停下来看看。

因为时间的限制，我们在灌县只看了一下都江堰，在郫县只看了一下望丛祠。虽然行色匆匆，所见甚少，但其中还颇有记录价值的资料。

（一）都江堰

灌县都江堰的水利，在我国史地上是颇为有名的。并且李冰和二郎神治水的故事，在民间流行极广，所以可说是又科学又神话的地方。岷沱二江发源于松潘以上岷山一带高原，以灌县为分水的枢纽地，《禹贡》所谓"岷山导江东别于沱"，就是指的这些地方，我们为寻长江水源起见，灌县也是必须到的理由之一。

汽车出成都西门，在平原上驰行极速，不比从重庆来时驰行山途的危险而缓慢。不过两番遇见缺口，要等农民扛木板来填桥才能过去，未免耽搁了一些工夫。车进了灌县城，直到县政府里，寻着了杨县长和水利知事周郁如，蒙引导我们到老王庙里去休息，并在离堆楼上设宴款待。老王庙在城外，正当水流冲激怒潮汹涌的江口，一路走去，满脚踹的是鹅卵石，大大小小，圆滑可爱，既拾级登山，俯瞰全城，可以览而尽，江水穿绕，仿佛系着白带，而我们所在的地方，恰和白带扣着结儿似的，这个结儿本就是枢纽，一开一结，关系着四川盆地几十县的福利，可以想见它的重要了。在城隍山和离堆之间，流深湍急，浪花飞溅，坐在离堆楼上，可以听见下面潺潺的水声。这里叫做宝瓶口，瓶口宽七丈半，两崖有水量尺，深时高出水面二十六尺以上，现值水落时候，只出水面六尺，其下则深窈难计，人临其上，不免为之惴惴然！离堆下有形似象鼻的岩石，上面悬挂着很多的铁链，以为急水滩上船夫拉练住篙之用。

据《堤堰志》说：李冰凿离堆，虎头，于江中设象鼻七十余丈，首阔一丈，中阔一十五丈，后一十三丈，指水十二座大小钓鱼护岸一百八十余丈。离岸之石，是沙泥和细石子凝结而成，坚固异常，我疑惑并非是什么李冰凿成的，不过李冰在秦时治水计划周密，后人故神其说罢了。所谓护石，是笼石附岸，使水不能蠹土，指水是象鼻状的小滩，导岷江曲折东流，但到了神话里，指水十二座，又变为什么十二座望娘滩了。又据《成都古今集记》说，李冰治水，他自己是设计的人，他的儿子二郎才是实行的人。李冰使其子二郎，作三石人以镇湔江，五石犀以厌水怪，凿离堆山以避沫水之害，穿三十六江，灌溉川西州县之稻田，自禹治水之后，冰能因其旧迹而疏广之。

范石湖《离堆诗序》云：沿江两岸中断，相传秦李冰凿此以分江水，上有伏龙观，是冰锁孽龙处。

《灌县旧志》亦云：伏龙观下有深潭，传闻二郎锁孽龙于中，霜降水落时，见其锁云。

这些厌水怪、锁孽龙等等的神话，实际上都是附会！我们在伏龙观里，游览了一回，并看见所谓大禹岣嵝碑，其实也是赝鼎，想为后人有意摹造以点缀风景古迹的。

从这里分出去的两条江流，一曰内江，内江为沱江之源，一曰外江，外江为岷江之源。由内江向内流者，分三支河，曰走马、曰白条、曰蒲阳。其灌溉区域为灌县、崇宁、郫县、新繁、新都、成都、华阳、金堂、彭县、广汉。外江系岷江正流，分六支河，曰沙沟、曰黑石、曰江安、曰新开、曰羊马、曰杨柳，此六支流灌溉区则为崇庆、温江、双流、新津等县。内外二江分出的九条大支流，全靠都江堰以为分配调节的工具。否则，旱涝不时，便不免有偏枯之患！都江堰每年开堰二次，外江在立春的时候开放，霜降时即断其流，让水流到内江去。内江则在立春的时候断流，清明节开堰。

都江堰上，立有包楂，以为开断水流之用，又有所谓分水鱼嘴的工程，其法系用大鹅卵石装在笼兜里面，填塞水口，堆作堤岸，以分配内外两江的水量。因为水量是跟着时节不同，一会儿涨，一会儿落，看定涨落关头，用施两样不同的调节方法，才可以免掉或旱或涝的灾难哩。

李冰的治水六字诀：深淘滩，低作堰。至今水利知事，还是守为成法不敢稍变的，此六字是为内江而说的。滩须深淘，堰水乃得畅流无阻；堰须低筑，洪水乃不至淹没田畴，古人治水方法确实已有了一点贡献，可惜国人不能把古人成法，更精进一层去研究，至于今日，治黄导淮，都须借材于别国，说起来真大可惭愧啊！

因为山洪峻急，曾有人主张在此间设水电厂。但据水利知事周郁如谈：灌县水量每秒仅五千立方尺，入夏虽亦有数万匹马力，但一年中有四个月无用，因为水涸的时候只一千马力，甚至只有数百马力，不像大峡间常年可得二万匹的马力，所以水电厂仍以设于大峡平善坝之间为有较大的希望，灌县并不是我们理想中设水电厂的好地方。

　　后来我们随周君下离堆，出老王庙，由人字堤、飞沙堰，溯江上行，至金刚堤、新工鱼嘴、安澜索桥（按四川索桥，以灌县为最有名，惜今已废，仅存索桥的石座在江中作中流砥柱而已！）一带考察。见外江的水已干涸，现正是开内江堰的时候。许多工人们起水底大鹅卵石，负运往来，背在背后大篾篓中，每篓装大石六七个，重百余斤，据工人自己说，平均每日要背上六十负往来，所得工资，仅仅能吃一顿饱饭，内地工人，真是牛马不如啊！

　　渡内江到二郎庙去，渡江的方法很妙，江中横着两根绳索，牵系在两岸的树身上，渡船就攀援着这绳索儿溜过去，不用桨，也不用篙，因为这儿水势冲激震荡，桨篙之类根本是无济于事的。

　　二王在史书上没有名字，但是威力很大，庙之雄伟，突过老王的祠堂，神像是有三只眼睛的，不像他父亲那么王绺三须，文雅端正。《封神榜》上有名的杨戬，不也是三只眼睛叫做二郎神的吗？何以他一时会姓杨，一时又会姓李呢？据胡适在《民间文艺》创刊号通讯里说：杨戬被认为二郎神，是宋时的宦官杨戬，被东京人呼为二郎神，到后来却成了杨戬了。但不知这两个三只眼睛的二郎神，又有什么考证的牵涉可以硬拉？我以为民间传说的神话，本是无稽，他们理想的伟大人物，总是天上下来的神仙，总是生得要与众不同一点，没有三只眼，便不能下水捉怪降龙。李二郎神，杨二郎神，都同是一个畏神的初民幼稚心理发生出来的理想人物罢了！（长江一带有水神名杨四将军，其理由也是为此。）

二王庙殿阁层层，攀登而上，壁上有"湛恩江灭，不在禹下"，八个大字，又有赑屃负碑二方在山腰，一曰："顺流同轨"，一曰："饮水思源"。照壁上镌《六字诀》曰："深淘滩，低作堰，六字诀，千秋鉴。挖河沙，堆堤岸，砌鱼嘴，安羊圈，立湃阙，留漏罐，笼编密，石装健，分四六，平潦膜，水画符，铁桩儿，岁勤修，预防患，遵旧制，毋擅变。"这里面每一句都是很有道理的，蒙水利知事周君一一为我们解释，左右有联云："过湾截角，逢正抽心"，都是治水的秘诀。二王殿前，有几个道士在大唱川戏，我们也无心倾听，一直爬到太上老君庙为止。远望云雾里的青城山，峰回峦合，削翠飞青，恨不能借我一个月时间，前往细细探赏一番。回灌城时，由玉垒山麓，经虎头岩、凤栖窝、三道岩（形如鸡爪）等地，我们不觉在都江堰上兜了一个大圈子，听了许多关于治水的神话，可惜没有篇幅把这些荒谬之谈一一记录出来。借杜甫《石犀行》，权作本段文章的小结束。杜诗云：

> 君不见，秦时蜀太守，刻石立作三犀牛。
> 自古难有厌胜法，天生江水向东流。
> 蜀人矜夸一千载，泛滥不近张仪楼。
> 今年灌口捐户口，此事或恐为神羞。
> 终藉堤防出众力，高拥木石当清秋。
> 先王作法皆正道，诡怪何得参人谋。
> 嗟尔三犀不经济，缺讹只与长川逝。

但见元气常调和，自免洪涛恣雕瘵。

安得壮士提天纲，再平水土犀奔茫。

（二）望丛祠

我们的归车，从灌县打从郫县经过的时候，有人在车上提议进城去看看，我们这些远客当然很赞同，可是有几位嫌时间太晚了，恐怕入夜到成都，守城的检查起来麻烦。后来陪我们回成都的周郁如先生说：郫县城内并没有什么好看的，不过望丛祠还值得去瞻仰一下。

"什么是万崇祠呢？万是不是千万之万，崇是不是崇拜之崇？"有人发问了。

"望就是指的望帝，丛就是指的丛帝。望丛祠是纪念古蜀二帝的呀！"周郁如似乎夷然不屑地回答这位发问的人。

大家不响。车进了郫城的西门，因为我们车上插了二十八军的旗帜，守卫城门的兵士并没有阻止（灌县郫县都是二十八军的戍区），汽车呜呜地叫了几声，街上出来看汽车的人挤得满满的。市房低矮，巷道陕隘，全市几乎无一家整齐的铺子。一般人头上并无例外的也多半缠着白布，或者用蓝色的布缠着，男女老幼皆然。衣服也多半褴褛不堪。据说灌郫还是四川的富庶之区，民生已甚憔悴，至于川北苦况，当更可以设想到了。我在回想着"酒用郫筒不用沽"的唐代，我又在回想着曾生长一代文豪扬雄的汉代。至于今日，早已地既不灵，人亦不杰了！

一霎那间，车出了南门，已驰到所谓望丛祠的门前了。一座大牌坊写着"望丛公园"四个大字。大殿里面供了望帝和丛帝的神位。按《华阳国志》：

　　鱼凫王后有王曰杜宇，教民务农，七国称王，杜宇称帝，号曰望帝。曾有水灾，其相开明，决玉垒山以除水患，帝遂禅位于开明，升西山隐焉。

　　这里所谓杜宇既然就是望帝，所谓开明当然就是丛帝了。开明又叫做鳖令，又叫做鳖灵。据一般人口里的神话，说丛帝原是水怪，被望帝收服了，望帝当他是一个心腹，常使之随侍左右。望帝娶蜀山氏之女，极为美丽，不料那个号称鳖灵的丛帝，见色心动：趁望帝出巡的时候，他暗地里和蜀山氏女通起奸来。后来望帝晓得了，他们俩怕事情发作，就先下手为强，把望帝谋害死了。望帝既死，魂魄不散，化而为鸟，名叫杜鹃，其大如鹊。因为含冤未雪，常常哀号，声极凄惨，飞的时候，吻上每有一点一点的鲜血滴下来。杜鹃又叫做子规，所以后世诗人每每有"杜鹃啼血"、"子规泣血"的话头，便因为有这一段哀艳故事的原故。李商隐所谓"望帝春心泣杜鹃"，是更明白地说出了。

　　当然这些神话家和诗人们的说法素是不足为信的，我的意思以为所谓望丛二帝者，不过是先民为纪念农蚕而设想出来的两位神人。祠门口明明榜出"功在田畴"的字样，而且四川古号蚕丛，扬雄《蜀王本纪》云：蜀王之先名蚕丛、柏灌、鱼凫、蒲泽、开明。是时人民椎髻咙言，不晓文字，未有礼乐。《华阳国志》云：蜀侯蚕丛，其目纵，始称王，死作石棺石椁，国人从之，故俗以石棺椁为纵目人家。

　　目不横而纵，这是多么稀奇的相貌，可惜这样人种，至今不曾遗传下来，实是遗憾，如果古代真有这样人形，三只眼睛的二郎神，比较起来又不足为怪了！《明一统志》云：蚕丛氏初为蜀侯，后称蜀王，教民蚕桑，俗呼为青衣神。我颇疑惑丛帝就是指的蚕丛，虽然《蜀王本纪》说从开明上至蚕丛积三万四千岁，二帝并非一人。

我们如果不肯信荒唐的神话，最好认定望丛为农蚕之祖。望帝丛帝之在四川，正如神农螺祖之在全国吧？妄拟之说，明知无根，但似乎比奸杀夺妻污蔑神灵的话要好些。

祠在后面，有很大的园林，亭楼水榭，竹径花坞，白石清溪，小桥曲径，布置得颇有雅趣。再进去便是望帝丛帝的墓道，丰碑高冢，甚为壮伟。二帝的陵墓，像两头蛇似的，东西相望。各朝着不同的方向，一碑大书曰：古丛帝之陵。是民国八年熊克武、但懋辛二氏为之重修的。字亦为但氏所书。熊、但二君在乱时居然留心到这些古僻的事，也实在是有趣得很。虽然于国计民生，并无补益，却比造私人花园或营金屋藏娇的那些只顾私利的人们，贤明到千百倍以上了。

游罢了望丛祠，天色已经黑了下来，我们更无心参观别的，便一直乘车驰回成都。

再诵杜甫《杜鹃行》一首，以为此文作结束：

> 君不见昔日蜀天子，化作杜鹃似老乌。
>
> 寄巢生子不自啄，群鸟至今与哺雏。
>
> 虽同君臣有旧礼，骨肉满眼身羁孤。
>
> 业工窜伏深树里，四月五月偏号呼。
>
> 其声哀痛口流血，所诉何事常区区。
>
> 尔岂摧残始发愤，羞带羽翮伤形愚。
>
> 苍天变化谁料得，万事反覆何所无。
>
> 万事反覆何所无，岂忆当殿群臣趋！

补白

旧京岁暮感赋

风尘抗节走幽燕，谁道飘零不可怜？（用词人纳兰容若《浣溪沙》句）每向故宫温旧史，却惊华发逼中年。觑觎儿女朝朝见，茵溷生涯草草绿。烟断御炉声断漏，白头何处说唐玄。石火光中岁又除，未能免俗意凄如！自伤客况羞弹铗，无补时艰悔读书。跃马冰天英俊侣，雕龙画栋帝王居。却嫌案牍劳形事，写券空矜博士驴。

天寒未傍最高枝，海鸟盘旋大地时。最费商量鸡有肋，非关辛苦豹留皮。浪游为养文章气，话旧空劳癞寐思。千里春归须早计，莫教红豆怨离离。

囊中书剑客中镗，纵有欢肠已似冰。（用曼殊上人句）慰藉众生惟粉黛，寂寥终古是觚棱。党同洛蜀容何补，人访荆高识未能。结束一年歌咏事，消寒且作祭诗僧！

089~093

第十二章　川北农村一瞥

12.

川北农村一瞥

　　为的要看看川北赤区的真实情形，我们在川北新收复的灾区中整整跑了一个多月。三月五日离开广元县，广元是四川北部最远的一县，再过去便是陕西和甘肃的境界了。关于这些地方军政和经济的情形，其他一切社会的概况，为了篇幅关系，在这里不能多写，我所要追述的，只是农村中的一般现象罢了。

　　大家满口呼着农村经济破产，到底破产破到怎么样的程度了？这是我们亲眼看见种种惨状的人，所应当代为呼吁的。

　　当我由广元折回向阆中南部一带视察的时候，因为天天在农村中走，感觉到农民已陷到无路可走的时期，虽然土地中的出产十分丰富，势逼得他们不能不让"货弃于地"。广元一带的矿产之多，南部一带的盐产之富，阆中一带农产物之蕃殖而丰茂。米、麦、大豆、高粱、番薯、玉蜀黍、蚕丝、桐油，什么都有，然而在现在却等于什么都没有了。

　　这是为的什么原因呢？因为根本没有农民了！川北人口素来多，许多农民，究竟到哪里去了呢？

　　可爱的绿色山田，可爱的广大原野，在那里自由生长些农产物出来。一半的大麦，至少已夹杂了一大半的青草。蚕豆开着紫色的花，肥而且大；菜花高到比一般人的身体还要高，一片黄色，香风徐送。从前有人赞美菜花的诗，说是"黄金铺满地，三月富村庄"，可是川北农村中的菜花，也已变不出黄金来了，正当农忙的时候，田野里偏看不见农民，若在江浙，这时候，农民应已满唱秧歌了，虽然江浙地方也喊着农村经济破产。

农民们为的要逃出性命，眼睁睁看着田野里有这些救人性命的天生宝贝，然而只好叹口气，他们无心去培植，更无法去收获啊。

我在几十天的行程中，不曾见过年青力壮的农民，看来看去，不是白发老婆婆，就是黄口小孩子，他们当然无力去耕耘，只弄一些现成的红烧（山芋），回家果腹；或者取一些现成的大採酸菜（川北特产）煮煮吃，搁久了的菜，烂了，臭了，我们所不能下咽的，他们恃以为正餐。

有一天，我们在苍溪县境，看见一个老太婆上山拾柴草去了，仿佛是她的小孙子，一共有三个，赤露了下体，在寒风中战栗着高呼着他们的祖母回来，哭成一片。我们刚行到他们的破茅屋前，老太婆背了柴筐，蹒跚着，一步一哼着回家了。我们问她家里没有人了吗？她说，儿子当兵去了，媳妇死了没多久，可怜这几个孩子跟着她，跑又跑不动，眼看着都要饿死冻死了！

又有一次，我们在阆中县乡下新收复的赤区，一家小店里，鹑衣千结的（因为全是破布条结成的，鹑衣实不止是百结）一个中年妇人，围着两个小孩子，正在向火取暖，大家手里剥的是玉蜀黍，火里烧的是玉蜀黍的杆子（玉蜀黍在川北最多，他们称为玉麦，或曰包谷）。冻得紫而且僵的孩子们的腿，都露在外面。我们问她的丈夫到哪里去了，她回答说，去年就跟"乌棒老二"走了。所谓"乌棒老二"，棒老二是川人谓匪的土语，乌字是红字的转变，红字有吉祥的意思，为川民所讳言，所以改号之为"乌"。

诸如上例的遇见，真不知有好多次，我们由此可以知道川北农民所走的方向了，年青力壮的农民，是作战的生力军，为两方面亟亟所需要的。乡下田地里，既然种不出东西来换黄金，种了出来又要被剥削阶级一重一重的榨光了，他们自身的衣食无着，仰事俯蓄自然更无望了。因此一大半的农民，被逼着上前线去了，其余没有被逼的，也甘心情愿朝火线上走，上前是死，退后也是死，叫他们更有什么方法顾到父母妻子呢！

贫农和中农，绝对没有办法再维持他们的生计，而所谓富农，因不胜租税的征伐，大家相率把田契贴在门头上，远远地逃走了。因为从这一方面压来，他们是死；从那一方面压来，他们也是死。执田产的富农，早已无所逃其罪于天地之间了，富农中农贫农，共同遭遇到这样悲惨的绝境，请问复兴农村经济的大业，怎样好去下手呢？

川北农村的人口，一年年，甚至一天天的减少下去，逃亡者生死莫卜，只好不算。死亡之中，遭残杀的一半，填沟壑的又一半，我恐怕真正的好农民，在川北行将绝迹了！

这样说来，川北便真的没有人了吗？人是有的；但大半是些依军人依官府的土劣，或者抬滑竿做苦力的工人，赶小买卖生意的，也或不少，然而这些人于农村有什么关系呢？

关于土豪虐待农民，我有一件亲眼看见的例证：

三月十九日，当我过仪陇县永家场的时候，看见小小破落的镇市上，有一大群观众，在一家店门前围着，一个五十几岁的老农夫，被人高高地吊在屋詹前的横梁上，双手是反缚着，粗麻绳系着大拇指，就这样挂秤似的挂到屋梁上去了。可怜的老农夫，肩背上还被压了几十斤重的大石块，汗似雨点儿一般地滚下，筋也一根根暴涨出来，一种凄厉的呼号求乞声，令人惨不忍闻。

旁边立了一个酒气冲冲的矮子，——后来经我探悉，原来他就是本场上的区正老爷，区正在一区里，其权力等于县长在一县里，可以任意作威作福的。——执着一根马鞭，仿佛在审大案情一般的在拷问那老者，据说老者没有缴出应缴的粮秣，这就是他们乡下惯使用的刑罚呀！

农村的黑暗，黑暗的农村，这样，怎么能叫好农民安居乐业呢？

川北虽然是特殊的地方，我相信咱们中国，有这般特殊情形的农村，决不是绝对没有第二处了。我们将怎样去改造，怎样去救济呢？这是当前最严重的大问题！

094~099

第十三章　忆阆中

13.

忆阆中

（一）

匆匆作客只在那儿住了两夜的阆中，忽然它的影子侵袭到我的脑子里来，叫我不得不联想起一些旧迹。

阆苑本来是仙人住的地方，所谓"瑶池阆苑"的风景，是中国旧诗家所艳称的。而我现在所追忆的，并不是什么仙境，只是平平常常的几万户中国苦百姓们宛转呻吟的地方，它是坐落在四川省的北部，清代号称保宁府，今日号称阆中县的阆中。

风景，当然是很可爱的，于四山环绕之中，有一道苍苔碧玉般颜色的嘉陵江，包围了阆中城的三面。朱楼画阁古代有最著名的所谓十二楼，目下仅仅有六七座在临风战栗着，不但褪了垣宇的鲜艳颜色，而且内部的构造也已有渐就倾圮的危险了。几十只板船搭起的浮桥，放在南门外向南津关去的江面上，从这里渡过，便可以去游离阆中最近的名胜地——锦屏山了。

锦屏山是一字儿似的摆在嘉陵江对岸，真仿佛是一座屏风儿，遮蔽着东南角。县志上说这是一座案山，其作用不啻是给县老爷作书案，上面是用以供签筒笔架铁砚池的。县大老爷的尊严和伟大，于此可以想见了。不过时至今日，县老爷乃须屈服于有枪阶级之下，这座案山上面，又只好插些令旗之类，其尊严和伟大的主人翁"不得不转变一个方向了"！山前山后，有的是伤兵医院和疗养所之类，包头的，瘸脚的，发热狂烧而大叫的，宛转哀啼在地面上做狗爬的，这些可怜的同胞们，都是不知为什么原因被自己的同胞们残害了。天可怜见的！

山腰虽然有吕祖庙、三贤祠（杜甫、陆游、司马光）之类的香火地，可是临江茶楼上游客常常是稀少的。

我们得在此中占却一小时，做做文人雅士的风雅勾当，静赏阆山阆水，远看阆苑仙楼，可是仔细一想，汗毛管儿里的毫毛一根根笔竖起来！这个年头儿，还在学痴人说梦，要流连光景什么的，恐怕就是以瓜皮汁写诗的吕洞宾也有些儿不惯吧！

据锦屏山上石刻吕祖瓜皮诗碑，上面说吕仙访君平于此，以瓜皮作笔，瓜汁作墨，吟诗于石，后来好事人就照着原迹刻起字来。其诗云："时当海晏河清日，白鹿闲骑下翠台。只为君平川底去，不妨却到锦屏来！"

足见吕祖做诗访友，也要在海晏河清的时候，我靠何人，也敢在海不晏河不清之日来此冒昧么？因此这一天诗思就不在家，没有写出半个句子来，其原因并不为了别的。

城里面有的是难民收容所，凡是祠堂庙宇，没有一处不是收容着通江、南江、巴中等县的难民，一面由公家供给每日两餐的稀饭，一面由私家自己煮一些儿黑饭，生活一直照这样维持下来，好在并不需要做工，日子也暂且可以度，至于所内的污秽奇臭，疾病传染，照例是官民不管。本乡本土的道地阆中人，虽然眼见得难民们吃白米饭而眼热热地，也属无可如何，因为他们供给官厅，官厅供给难民，本来是天地无私仁至义尽。别的事还能管得了吗？

读过《聊斋志异》的人，应该知道阆中有一个灵异的桓侯祠。

说起桓侯祠来，真是大大有名！谁不知道阆中郡是三国时代蜀汉名将张飞的镇守之邦！一直到现在，张老爷仍是赫赫有灵的。去年赤军攻到嘉陵江对岸，与官军只是一水之隔了。城里富家阔人想逃难，而又犹疑不决，便请张老爷降坛扶乩，请张老爷回话，替他们决定。张老爷很坚决地回说："赤匪决不会渡江进城，你们不必仓皇逃避，咱老爷城存与存城亡与亡，你们放心好了！"因此，所有官绅富豪，莫不听命，大家都很愿意的在张老爷的阴灵庇护之下，决不出走。后来赤军果然没有渡江，自然也并未进城，就退下去了。于是在万众欢呼之下，替张老爷洗澡换新衣，烧香磕头的，接踵而至，到底因为民穷财尽的原故，并没有替张老爷重整庙貌，这是阆邑人士至今耿耿于心的！

桓侯之殿，据说还是宋时的建筑；他的真像，据说是逼肖其人。

矮矮的身躯，黑苍苍的面孔，两只几乎要暴出来的圆眼睛，我们这些并未生长在蜀汉时代的人，无从判断其逼肖与否，不过神像塑得颇平易可亲，并不像戏台上那样古怪可怕。神像后便是墓碑，墓冢恰恰筑在殿后，冢身当然是很高大的，有人告诉我，坟内只有张飞的尸身，其首级被范疆、张达等割了携到云阳县，后来便在云阳葬了。所以张老爷死后实在是身首异处的。

这些，也都不在话下。

关于阆中的土产，有一首《宝塔诀》为证，其诀云：

"醋，皮蛋，半夏釉，白糖蒸馍，五香豆腐干，四川陆军中将"，其最后一个代表，未免有一点儿幽默性，可是陆军中将是属于四川的，这也是实际如此，并非有意为土产鼓吹也。

临走，我们本来还想看看唐代诗人所盛称的什么鲁王灵蘷之宫，滕王元婴之苑一类的名迹，可是时间不允许了。因此，阆中所给我的回忆，仅仅是如此而已！

二十三年十月二十八日

（二）

昨天（廿四年四月十九日），各报都有这样的一个消息，说是川军已克复阆中了。怪不得阆中县按期寄给我的官方的《川北周报》，已经停寄了一个多月的光景了，原来其中有一些变故："剑外忽传收蓟北，初闻涕泪满衣裳"，这是少陵闻官军收复冀北的诗，为什么听见官军打了胜仗，还要"涕泪满衣裳"呢？我今天才懂了，无论收复以前或收复以后，都值得人们喜极而为之涕泪满衣裳的啊！

我非川人，更非阆中人，然而对于阆中县，自一游以后，永远不忘，因为那个地方实在太可爱了，山川风物之美，简直与江浙最美的地方一般无二。本来阆中在古代，就是最著名的风景区，所谓"阆苑仙葩"，所谓"五城十二楼"，古人认为是仙境，是乐园，一直到去年，我游的时候，虽然民生凋敝，名胜摧残，时时露出捉襟见肘的情形；然而仿佛是蓬头垢面的美人，仍然有楚楚可怜的神态，叫爱好自然的人们，不得不加一倍的爱惜，加一倍的垂青。

四围青山的大圈子以内，再萦回着绿波如带的嘉陵江（这就是吴道子所画嘉陵三百里最秀丽的地方）。阆中城的位置，便在这山环水抱中了。

少陵有阆山阆水二歌，《阆山歌》云：

　　阆州城东雪山白，阆州城北玉台碧。松浮欲尽不尽云，江动将崩未崩石。那知根无鬼神会，已觉气与嵩华敌。中原格斗且未归，应结茅齐看青壁。

《阆水歌》云：

嘉陵江色何所似，石黛碧玉相因依。正怜日破浪花出，更复春从沙际归。巴童荡桨欹侧过，水鸡衔鱼来去飞。阆中胜事可肠断，阆州城南天下稀。

阆州城南的风景，竟至于在天下也算稀少的，简直有"甲于天下"的好处。这虽然是诗人的夸张，却也真有些名副其实。

我曾在阆中城南一带留恋过。

我又曾在东门城外公园徜徉过，在大观楼上凭眺过，松花井前吃过茶，张飞庙里求过签，还有武则天所遗留的一口古铜钟，和唐代铸就的一座刻字的铁塔，我都一一赏鉴过，抚摩过，不知道此次被难后，这些地方还照旧无恙么？这些古物，还没有被毁坏么？

又，不知这一次阆中人，曾否请张老爷降过坛？张老爷降坛以后，又是怎么说？我想一定张老爷说过叫大家快些走了，如果张老爷的确是灵验的话。

本来，从川军手里失去了的阆中，重新又由川军手里夺回来，在川军方面，也许可以功过两抵的。

不过这样一出一进，吃亏的还是老百姓罢了！我在这里远远地替阆中人洒泪了！

二十四年四月二十日

100~105

第十四章　陶然亭

14.

陶然亭

读过《花月痕》小说的，都该对于陶然亭要"心向往之"吧！《花月痕》开宗明义第一章，劈头就说到韩荷生与韦痴珠因为在陶然亭壁上题诗的关系，才慢慢儿认识起来的。本来好汉们不打不成朋友，文人们不咬文嚼字的哼哼诗句，也就不能成为知己，说得文雅些，就是灵山会上有缘了！

在北平闲散了两个月，那时国历是过了年有好久了，东闯闯，西逛逛，怪没意思的，忽然想到大名鼎鼎的诗人歌咏地，古代北京人的游览之乡——陶然亭——还没有去赏识过，于是找了一个同我一样仰慕陶然亭名胜的朋友，因为除掉慕名的人，别人是不愿到陶然亭去的。

国历过年未久，阴历当然要过年了，于是一路的爆竹声，送两个坐在洋车上的傻头傻脑的呆家伙，一直望所要到的地方拖去。不忘旧习的人们，熙熙攘攘闹着办年货，尤其是洋车经过前门外天桥等地方，愚蠢的"过年忙"者，拥挤得洋车也通不过，天桥一带平日看把戏听大鼓的各种顾客，比平常少得多，大概都在家里团聚着吃腊八粥了吧！

我们的车儿，越来越到荒落的地方，什么黑窑厂，什么南下洼，都是人烟凋落，景象萧条，路上有几个老汉在推车，几个小孩子儿打架罢了！后来简直老头儿小孩儿也不见一个了，只是一片衰草，三间破庙，有的房屋剩一垛墙在矗立着御风，有的亭阁，剩着底下层的一条穿道了！

路是冻得挺硬，树叶儿当然一片也不挂在枝头，水里冰冻结得十分坚固，至少要到明年春三月间才得消融哩。

路是越跑越不对了，简直到了坟墓里了，左一堆土，右一堆石，黄黄的岗儿，矮矮的树儿，浅浅的沟儿，昏昏的日色儿，这便是陶然亭的环境了。

洋车忽然停住，车夫说："再进去洋车不好拉了，请你走一步，从窑厂那儿上去就得了！"

我们俩吃了一吓。这就是大名鼎鼎的陶然亭所在地么？一声不响地走了上去。

"车夫拉错了吧？"朋友疑惑着说。

"不会！北京城里谁不知陶然亭呀。"我肯定地回答着。

狗儿从窑厂小屋里钻出来汪汪地叫起来，我们已跑上高岗寻着陶然亭了，一步一步从砖石砌的阶沿走上去，哪里有什么亭子，只是庙宇式的建筑罢了。只有门前横额上"陶然亭"三个大字，一点儿也不欺负我们，高高地悬着给我们看，下款是康熙乙亥郎中江藻书。里面的石碑和寺屋，便说是什么大悲庵，什么古慈悲院了。所谓陶然亭，只落了门前一块招牌。

听说此地一到秋天便是最好的诗境，遍地草叶芦花，萧萧瑟瑟，一种幽旷凄清的景况，别有佳处，可惜我们来非其时！假使在雪后来也是好的，俞平伯不是有一篇《陶然亭的雪》吗？他那特别具有的风格，也足以叫陶然亭生色的。

陶然亭的附近虽然如此平淡，可是远景着实不错！前面有永定门及城垣围绕着，远远的又有先农坛，万木森森，庄严伟大。

我们寻"香冢"，寻了两刻多钟，结果在窑厂前真个被我们寻着了！但发现者并不是我，也不是我的朋友，乃是窑厂里一个小伙计，蒙他指点我们的。原来仅仅只有两方小石碑，小得叫任何人都注意不起来！在窑厂的围墙外悄悄地一字并肩儿立着，碑后面应该有的坟冢，早已不见了，围墙占据了它的地盘。那小伙计说：“先生！这就是您所要见的香冢，您不要看不起它，它一年到头不知要邀多少游客们的光顾哩！”

我幼年从父亲诗词手抄本子上看见的小词，一字不讹地在那小石碑上镌刻着：

浩浩愁，茫茫劫，短歌终，明月缺，郁郁佳城，中有碧血，碧亦有时尽，血亦有时灭，一缕清烟无断绝，是耶非耶？化为蝴蝶。

关于这首小词的故事，也仅仅可以用下面几句话叙述出来。

“士子某，在京眷一妓，谋娶之，未果。后妓郁郁死，客竟殉之，葬于陶然亭侧。”

这便是香冢的由来了！

另外的碑上还刻着一首小诗：

飘零风雨可怜生，香梦迷离绿满汀。落尽夭桃又秾李，不堪重读瘗花铭。

香冢旁的另一小石，则刻着“鹦鹉冢”三字，冢碑上有小文一首悼叙鹦鹉之死。

看了这些，我们所谓“文人”的目的就算达到了，虽然觉得受了“名胜”的骗，冤枉也只好在肚里喊了！

附录

金匮秦朝钎大樽关于陶然亭的笔记一则

京师外城西偏，多闲旷地，其地可以供登眺者，曰：陶然亭。近临晬眺，远望西山，左右多积水，芦苇生焉。渺然有江湖意。故汉阳江工部（藻）所创，江君自滇南守入为工部郎，提督窑厂，往来于此，创数楹，以供休憩，高明疏朗，人登之，意豁然，江君有记，有长古诗，刻石陷壁，诗如初唐体，文学欧阳永叔，书法甚似吾乡严宫允（绳孙）或即严所书，江君仕康熙时，其时士大夫从容有余力，风流好事如此，可羡也！

见《昭代丛书·消寒诗话》。

补白

二月廿二日首途赴凤，过石硊镇感赋

蜣螂丸转苦黄尘，又向天涯访故人。一夜孤篷云里月，初春浓雾梦中身。几年世路嗟频易，到处江山认未真。江北江南车马迹，鸡声茅店独沾巾。

淮远白乳泉口占

新梧流碧荫清潭，白乳泉甘饮未酣。听到一声声布谷，直将淮北作江南。

106~110

第十五章　庚午散记

15.

庚午散记

（一）北向榆枝

在一个风雪扑面的侵晨，我独自悄悄地走出了公寓，灰色天空罩住了白色的大地，故都街上，人迹还没有开始践破泥痕。我着了一件厚大衣，拖上一双湖南人惯爱穿的木屐，踏上了从前唤作司法部街现在名叫省党部街的行人道上来。一座大洋房的后面，有一棵奇形怪状的老树，和一间孤苦零丁的小石屋，系住了我的神思，迫令我破冻冲寒的去拜访它一遭。

蟠屈和虬龙似的榆树，一枝一干都伸出得特别长，又仿佛是恶兽奇鬼要捉人一般的臂膊，虽然臂膊上满积着白雪，却毫不畏缩地兀自撑持着，并且永远是这样的撑持着。最可怪的是没有一枝一干不是向着北方伸出去的，老鳞贴着它的骨骼，一股强有力的劲儿，真叫人不敢疑心它原是植物哩！

据说这棵老榆树，是明嘉靖年间杨椒山先生手种的。因此这棵树的下面，便有杨先生的小祠堂了。

小小一间石头堆成的土地庙儿似的建筑，里面有的是灵位、神龛和香炉。壁上石碑满嵌着诗文，大约都写杨椒山先生之"忠"与其手植榆树之"灵"的话头。椒山名继盛，他的生平故事，凡稍稍读过历史的人没有不知道的。我从小跟先生读过的一首殉难诗，说什么"浩气还太虚，丹心照千古。生平未报恩，留作忠魂补"。所以对于杨先生的印象极深。

现在我亲眼看见杨先生亲手所植的树，我是多么的荣幸！

因此我又想念岳武穆祠前一棵古柏，其根如石，所有的枝儿，都是向南方伸长着，南方之柏，北方之榆，宋之武穆，明之椒山，他俩的忠义节概，真是值得千古以下的人们的仰慕啊！至于榆树和柏树，是否确为杨、岳二公所手植，或竟为后人的敷会，用此以寄甘棠之爱的；二者实未可以揣测断定。可是缘此便为南北两方各留一段动听的佳话了。

汪精卫先生在他的诗集里，还有咏此树的诗，警句有"千里不堪闻路哭，一鸣岂为令人惊"。其跋语更足为榆树生色！有云：

"余（汪先生自谓）所居狱室，门前正对此树，朝夕相接，及民国五年，重游北京，狱舍已划为平地，唯此树巍然独存。"

假使榆树有灵的话，也许要对今日的汪先生说"士别三日，当刮目相看"了吧？

（二）三华禅院与牡丹

"可惜湖山天下好，十分风景属僧家"，诗人们都是这样地叹息着！三华禅院的僧家，不但占据了名山，而且占据了名花，院里有一株牡丹，百年老树，开花极盛，其大如巨碗口，色尤较他处所产为鲜艳，假使没有到过北平和洛阳的人，不会不惊为异产说是生平所未见的吧！

可是三华禅院的和尚，不但爱护牡丹，而且对于异性，也异常的爱护！换句话说，他们是最肯向妇女调情和勾引的。证据凿凿，法庭有案可稽，听说和尚们的房间里化妆品多极了，甚至有妇女的用物如花手帕缎拖鞋之类。我爱牡丹，我尤爱三华禅院里的牡丹，我的牡丹诗是："春色都关禅院里，沉香亭北掩名姝。游人如鲫三华去，只为山僧养鼠姑。"（"鼠姑"是牡丹的别名，昔人以之对乌桕又名"鸦舅"的"鸦舅"二字）

（三）万寿山头遇白头

现在北平的朋友，最感觉兴趣的。就是太监"有没有？看得见或看不见？"的问题。

专制时代宫廷里的太监，真是一件惨无人道的制度，其罪恶也许比将人殉葬还来得酷毒些。——这不过是我个人的见地，别人说我的话太过火也未可知。

这一次我竟在慈禧太后的寝殿里，发见了两个年老的白头太监了。

他俩正在万寿山排云殿左山腰"画中游"的房子里住着，捧着一串一串的桃核念珠，在太阳中曝晒着，那念珠当然是卖给游人的。

我倒并不稀罕那念珠，心想和古代剩留下的历史物——太监去谈一下，也不枉来游颐和园一遭。

据说太监虽年老了，嘴上也不长胡子的，他俩果然没有胡子，我于是更决定他们是太监无疑了。买了几串桃核念珠，他和我谈他们老佛爷的故事不绝口。"白头宫女在，闲坐说玄宗"，他俩虽不是宫女，然而我还有什么方法证明他俩不是宫女呢？

北京的朋友告诉我："太监们不是绝对没有性欲的，据研究这个问题的人说，太监当性欲冲动时，也能搂抱着当日的宫女，发一歇儿狂，结果挣出一身热汗来为止，这样，他那所谓性的问题就算解决了！"天啊！阉之为道，真是一件惨无人道的制度，所以我说其罪恶比将人殉葬还来得酷毒些!

（四）荆山的红火与红泪

当我在怀远游览的时候，足迹所到的荆山，正是漫山"红裙妒杀石榴花"的季节。

荆山是历史上的名地，大禹会诸侯的涂山，只隔一衣带水的长淮。荆山的榴，在全国也是有名的。五月里的红花，烧遍了满坑满谷的矮枝丛树，我们的目光，被红色炫住了，几乎张不开来。我们穿红拂绿地寻着卞和的洞，和卞和的祠，祠在苍石之中，洞在红花之下。

说到卞和，应该谁也知道就是抱着结缘之玉而哭的卞和，也就是被楚王刖足的卞和，至于那结缘玉的出产地，当然便是在这座有名的荆山上了。

玉之不遇，是卞先生的原因，朋友！这荆山是多么值得悲哀的所在啊！当时我的诗是："韫椟未甘求世知，凄然独谒卞和祠。至今万树飞红雨，疑是先生血泪丝！"

泪尽而尽之以血，卞先生本来是傻极了！何况为的是区区之玉？不过想不到的是，产结缘之玉的山，到了今日，竟会布满着洒红之花，真像一滴滴血泪似的，成为历史上号为红泪的名地。

有人说："红火一般的石榴花光，硬派它是'红泪'，未免太柔性了，不免使人联想到薛灵芸的血泪壶，锦城妓灼灼的红泪绡，这样，岂不唐突六和！"

我说："唐突六和一下也罢，左右红火是性儿太烈了一点，不宜于柔性人们的譬喻的！"

111~115

第十六章　落星村

16.

落星村

离城四十里的山径，崎岖不平，峰恋忽伏忽起的抱合着，绿荫笼罩，怪石峻嶒，那一条路便是到我的生产之乡去的了。

将近百家的村落，人烟虽不算稠密，但比起四五家茅屋结邻而居，的确是热闹得多了。

村名落星，星真落过吗？是谁也不曾看见的。可是相传某年某月日，有一大星，落到四方形的塘里。后来这个塘名叫落星，村也因之唤做落星了。说也奇怪，塘里水一年到头是清的，村童常唱着歌道："落星村！落星村！星不落，水不清。"自然垂髫时的我，也曾很得意地高唱过了。

据长了胡子的人说："古时落的不是星，乃是一块大石头，直到现在还沉埋在塘底下。"恐怕那是合了史鉴上"星陨如石"的话头了。

村上除了落星塘的清水而外，还有四面抱合的碧溪。我常常站在进村口的落星桥上，跳着笑着，看打鱼的在港内捉鱼。有时撞着祖父衔了长烟袋来了，便携着我的手拖回家去。生怕我跌到水坝里去。

庙山在我们村子后头，山虽不高，却有一段很好的神话故事。庙山是姓高的所有，山上有个仙姑庙，仙姑是肉身，听说有些痴妇女们，用针于背人时刺仙姑的肉，肉上还冒出白浆哩！仙姑姓高，乡人都叫她高娘娘。高娘娘年十六岁，在家纺纱，常常有蜜蜂在她的耳旁飞舞，似乎作人语声道："姑姑！姑姑！你可去？姑姑！姑姑！你可去？"

娘娘听了不敢做声，私下告诉她的母亲说蜜蜂要她去，她的母亲不信，骂她讲鬼话，并道："下次蜜蜂再来，你就讲愿去罢！"娘娘信了母亲的话，果真于下次蜜蜂来时，答应说"愿去"，不一会儿娘娘便坐定仙逝了。

　　族下人把她装了金，盖了一座庙在山头上，因此，山便叫做庙山，庙里的菩萨便是高娘娘了。

　　高娘娘最灵，能佑高氏人丁患天花只麻面而不死，所以姓高的麻子特别多，高麻子的徽号，高村人竟世袭了。

　　娘娘最喜欢看灯，正月里灯节，远近的龙灯，都先要送给高娘娘看，最奇怪的，山头上娘娘庙前一块地，没有多大，却能容无数的龙灯，多而不觉其挤。我一年到头极快乐的事情，便是在庙山头上看龙灯。

　　同放牛的小友，采茶叶会唱歌的小姊妹们，清早上结伴爬到庙山头上上学去，真是十分有味、值得我回忆的一回事。坐馆在仙姑庙里的王先生，是姓陈姓高两家宗祠公请的，因为先生设帐在山头上，距离高、陈二村，都只有半里多路——自然连山脚到山头的路在内——两村小学生跑来跑去也便当。我在九岁的时候，就蒙王先生教我读诗经了，一天到晚，"关关雎鸠"闹得不亦乐乎，直到现在，还有些莫名其妙哩。

　　那时候，顽皮的小孩子实在多，有一个姓高的，混名叫做小老虎。一天，先生出去了，他和许多同学捉迷藏，他提议用装茶叶的洋铁瓶罩了头，比用手帕扎要巧些，所以他就自己先罩了，实在合式，和头一般大小，并且外面的人丝毫看不见，绝对没有作弊的可能。小老虎正在捉得高兴，恰巧王先生从大门外进来了，同学们一惊而散静悄悄的一个没做声。小老虎忽的一把抱了王先生的腿，说道："我捉到了罢！"王先生又气又笑，问大家道："这里面是哪一个小鬼东西？"小老虎听见是王先生的喉咙，吓得除洋铁瓶也除不及了。

那一年的热天，忽然不知怎的，天上降下许多冰雹向山头上打，大的有大指头那么大，小的如弹子如蚕虫，圆圆的从瓦沟望下乱滚。先生带了一副眼镜，听见屋上响，低了头，眼光从眼镜框子上边飞出来看，最后竟除了眼镜，跑到天井阶沿边弯腰去拾冰雹看。有几个同学站在先生对面，拾了几粒在手里玩，看见先生正俯身在石阶前拾冰，狡黠的就赶着拿圆滚滚的冰雹向先生头上乱掷，刚巧清早剃得精光的头，被冰雹打得着实有点痛，急忙站起来自己摸摸，还以为是天降之灾，却未曾想到是他的高足一半寻开心一半儿报仇啊！

"吃了端阳粽，便把夜书送；吃了中秋饼，再把先生请。"秋天到了，我们还要上夜学，那时又将馆地移到落星村的祠堂里了。先生赌钱到二更后回来，有些同学瞌睡伏在桌上打呼，醒的朋友，用许多书、墨、界尺、铜笔架、压纸圈，堆得满头满肩在睡熟人的身上，同时灯火也被吹熄了，一会儿先生敲门声急，把瞌睡朋友惊醒了，一阵哗喇叮当的声音，几乎错疑是天翻地覆哩。

旧式方形俗称叫一颗印的房子，门前铺的白石，墙上刷的白粉，都是善与月色的白光反射的。夏天的夜里，坐在这样新房子门前纳凉，大家都觉得很洁净而爽快了。月儿的光彩笼在高大的柳树头上，下面坐着几个小孩子，口讲指画的在那里谈天。坐在藤椅上的我，素号会说故事的，这时候就开始那自认为是有趣的工作了。弟弟们有的睡在竹床上，有的立在我面前，韵华表妹，总是坐在小帆布靠椅上，听我讲到有些不合情理的地方，不留隙地的驳得我哑口无言，我窘了，不肯继续望下讲，她便连赔不是，拿道歉来做要挟我的条件了。有一次，她驳我驳得很起劲，柳枝上蝉儿忽然撒尿下来，洒得她一手一脸，她连忙立起来跑开了。仰面骂那树上的蝉，我却拊掌称快道："才好才好！这真是活该的，谁叫你口利呢？"

池塘里的流萤，偏喜欢在水草深处，飞上飞下，始终不肯上岸。弟弟们望呆了，用小手招它们来。在这个当儿，韵华出了一个对子给我对，"渔火隔江三两点"，说是她先生给她的功课，我没有对出，的确对不出。她道："哥哥不念唐诗吗？念唐诗念得熟，就能对这个对子了。"满天的星，都不停地闪它的眼睛，风闭得一丝也不透，墙上的树影，静静地依贴着，没有摇动一个叶子。韵华说："热极了！"于是我替她打一百扇，她替我打一百扇，交换受一些风凉之福，直等到她喊手酸了，我们才停了。

现在哩，儿时的梦做醒了！快乐的日子，此生不会再有了！落星村啊！离别已将近二十年，假使游子有重返故乡之可能，纵寻得到旧日钓游之地，还怕故乡认不得我，或竟忘了我是它自然怀抱中的骄子哩。

116~120

第十七章　两回奇遇

17.

两回奇遇

第一回　吾见其人矣，未闻其声也！

"响马大盗"，这个名词，好像我只在幼年好看小说的时代曾见过，怎样面目狰狞，怎样武艺高超，原不过是想像中的人物！不想年事渐渐长大了以后的我，竟居然真有和"响马大盗"交臂的一日，可谓荣幸之至！

去年的五月节以后，我从南京回到芜湖，刚刚下了大轮，就听见旅馆里的熟茶房，告诉我说："南陵的小轮，昨天被匪打毁了，搭客被绑去二三十个，先生！你要想回家，这条路怕走不通了。"我听了这个消息，那一夜在旅馆内就通宵没睡。第二天早上，立定了主意，绕道回家，心想经过三山、繁昌等处，看看亲戚也是好的。于是就提了一只皮包；跨上黄包车，叫车夫一直向三山镇拉去，路上我提心吊胆的，问车夫："路上可平安么？"车夫为的两块钱车费，自然也就硬着头皮答应着说，"不要紧！"

沿着江岸拉过了渔港、渡河到河北，车子上了圩堤，拉得飞快，那时烈日当空，我坐在车上，一身的学生服湿透了，车夫之汗滴如雨，更不待说。路上歇凉两次，刚刚在斜阳放黄色的时候，我们的车子，才将近镇口，突然见镇上人惊惶奔走，向镇外旷野的地方跑，那时我便下了车子，拉着跑的人问。他们的答话是：

"前面来了土匪，枪弹盒子，不计其数，今晚三山镇要遭劫了！你来干什么？还不赶快跑吗？"

我一想此时已途穷日暮，除三山镇以外，无处可以栖息，况且土匪不过是要钱，我尽所有的给他，总不至于害我的性命，不如径到亲戚家去暂避一避。不意到了戚家，他家里的人逃空了，只有几个应门的僮仆。他们见我到了，非常惊讶，而惊讶中又带些惨笑，彼此正在互为问讯的当儿。忽听街上一片上铺门声，原来土匪到了！亲戚家自然也不在例外，大门儿关得铁桶似的。那时我为好奇心激动，连忙上楼，伏在楼窗上向下望，只见当头几个穿短衣的，似常服而非常服，似军装而非军装，或灰或白或蓝，都分不清，身上有好几个是有武器的。后面跟着抬箱子的，挑担子的，不下三四十人。中间有几顶轿子，里面坐着十七八岁乃至二十余岁的女人，白嫩可怜，竟都似是上等人家出来的，穿的衣服，也很漂亮，一个个愁眉不展的坐在轿里，有几个头低得抬不起似的。我略略心数一下，不下六七顶两人小轿，轿后跟从太爷们，不是盒子挂身，就是背上负枪，腰里满缠着子弹。他们都威风凛凛地一排一排的过去了，毫无惊慌或忧虑的态度表现出来。

一会儿一排示威的枪声响了，此时自卫团和警察老爷吓得尿屁直流，恨娘没有多生两条腿，跑得半个也没有了。有人自街上来的说："太爷们在房子宽大的人家住下来的了。"不久第二次的报告人来说："他们要人家在街心上设菜饭供给他们吃，吃完了他们就要封船只一齐过江的，看他们的神气，大概载重了不便再动手了吧？可是现在谁也不敢决定三山镇的命运呢！"

那时我亲戚家里的妇家们，早已从后门逃到上山去了，他们听说我到了，赶快叫护送她们去的粗工赶回家，叫我也上山去躲难，我因为避免危险起见，也就仓皇走出，暮色苍茫中，一高一低，蹒跚着朝小山上爬，绕过几条羊肠小道。后面跟随的人说："今夜土匪一定要劫镇的。"我的脑筋里不免浮出许多奸淫焚烧的惨相来。

我们爬过了山，穿出深长的竹林，脚下被荆棘，刺得生痛，心想戚家许多妇女们此次必受苦受吓了。

　　远远地见一点灯光，伴我的粗工指着说："有灯处是佃户姚家，我们家的少奶奶和姑娘们都在那家躲着。"说着说着，有灯的人家渐渐走近了。茅屋后突然钻出两条狗来，汪汪地吠着。走到屋前，见一群乡下男女围着苹嫂和二姑四姑在那里说话。他们见我来了，都立起来看着我，眼泪不知从那里来的，声音呜咽着说："你怎么偏偏也撞来了？现在土匪动手没有？"

　　我说："你们放心罢！大概不要紧的。"

　　姚家老太婆搬出一张凳子给我坐，她们都向竹床上坐下来，于是马尿似的茶和锥子似的蚊虫，陪伴着她们同我谈了一夜的话。

　　次早打听，土匪因为一路抢劫而来，腰里已经缠满，连夜上船过江北去了，我们才安心回家。

　　第二回　吾闻其声矣，未见其人也。

　　夏天在家乡歇伏，歇得不耐烦，又乘着小轮往外跑了。小轮走到马仁渡上游地名叫做西河滩的地方，我和同船的熟客在舱内正谈天的当儿。忽然一排枪声，向船上打来。我靠在账房铺上，见舱内人纷纷向地下倒，心知不妙，赶快钻到一傍坐位的底下，两腿屈着，伏在里头。这时烟蓬上的人，滚下来好几个，满身带血，大家吓得不敢声张，耳边劈啪劈啪的枪声，如放爆竹一般，船上护送队，也向岸上回枪，他们并挤到舱里来，向外放射，子弹壳落得满地。扑通一声，桌子倒了，哗喇一声，茶碗茶壶打跌到地下来了。有一客人的热水瓶，打穿了一个洞。紧靠我身边一个茂林人姓李的，遍身血染得通红，溅到我的衬衫上。——后来这位不幸者未到芜湖便在舱内一命呜呼了。——我怕自己也受了伤，赶快向有血处摸摸，觉得还不是受了伤，心头只是跳，恨不得钻到船板洞里去。

有好几个胆小的，浑身发抖，脸上变了色，我不知自己怎样，但自己总以为这回是死妥了，也不觉得目前的情状是如何凄惨，嘴里只顾连声喊：

"老大呀！快开走！快开走！"——老大是司机者之称——不一会，忽听船停了，仍然听见枪声，护送队弟兄们上岸了。水面上钻进几个人到舱里来，满身泥水。我以为一定是匪，幸而还是客人——是绩溪胡氏兄弟三人——他们会洇水，听见枪声，钻入水底又上来了。"好险呀！"他们说。

此时有人主张船往回开，我们主张往前开，因为前面离马仁渡近，而且也许没有匪，亏得船上司机人见机，开足马力，拼命往下驶去。我们身上只见泥血水一样新染的颜色，一个个活像个鬼，身体是堆压起来了，面部是挤到人家的肩胁下去了。我心里一面懊悔不该出来，一面又恐惧尚未脱险！幸而护送队上了岸，匪的目标转了，只顾想夺枪械去，没来追我们的船。于是一路小码头没有停，沿途打招呼，不许上客下客，大呼各镇人报信给自卫团，到马仁渡去打匪，因为怕护送队人少不敌，——只有十几人——匪是要追来的。事后听说匪有六七十人，布岗布上一里多路，小轮从枪林弹雨冲锋而出，真正是死里逃生呀！

皖南股匪，五华山上为一大宗，大有据寨自豪的气概，梁山泊不得独美于前了！五华山的太爷们呀！吾闻君之声而不能绘君声，只此一段短短的记载，未免辜负你们了！

121~137

第十八章　到深山里去

18.

到深山里去

都市生活，既然那样的烦嚣可厌，我们还是去享一点恬静的山间生活罢！野朴的山民，是如何的可亲可敬；他们的生活，假使有不适宜的地方，应如何去改进他们；当我脚未踏进理想的山境以前，脑筋里发生了许多有志气的人的思想。

弃了舟车，坐上轿子，便一天一天向高处爬了。虽然道路很长，臀部坐久了，会得发痛起来。但乘舆看山，却是开我生活史中未有之记载，不觉得沿途欣赏，忘其所得的疲劳了。山势是慢慢地高起来的，今天足立在水平线上的高度，比昨日固高了不少，明日比今日高得又加上几倍，这样的无形中将我向高山上送，使我自己也毫不觉得，我不能不感谢抬轿的人，帮助我不少的力量了。他们卖自己的气力，换几块钱，养自己和他的妻子，固然苦不过；但是于良心无愧，有时倒也觉得很快乐。西方有个学者，批评到中国人的生活，曾经拿轿夫在山头吃烟唱小调做比例，哪里知道他们的乐处，就是我所说无愧无怍的这一点上啊！

峰峦耸秀，直上云霄，一望中的山色风光，都以远近分出浓淡来。有的是突起如椎；有的是回环若浪；更有古人所谓"天外双峰削不成"的，在层峦叠嶂之间，白云红日之下，愈现得飘渺虚玄，可望而不可即。

我下了轿子，跟了轿夫，登石路崚嶒的山径，向岭头上爬。出了一身汗，才将不计其数的石级走尽了。在一家茶亭内坐下来，轿夫将轿子放在茶亭外，他们又抽起旱烟起来了。白云在老树头上飞，远山顶上，更团结得像絮一般。老张敲敲旱烟管内的烟灰，向朱老大说道："多好的棉花絮！呔！朱老大呀！把它弄来做棉被，睡得真快活死了。"朱老大骂道："你想棉被想疯了！云可以做絮吗？"

这个时候万壑松声，呼呼地叫起来，听了好像是万马奔腾，又好像是潮涌大海，风势初来，顿现出仓皇颠沛的气象；风声渐远，又复令人寂然意远。我一面坐在木凳上喝茶，一面自己默默地想，竟不知是置身何所了。

山头上的居民，衣衫穿得十分褴褛，看见坐轿的人经过，目不转睛地注视着，带一点惊讶和欣羡的神气。他们言语中间，可以叫我辨得到他们并不是本地的土民，大概是从别的地方迁居过来，或是从难区逃荒过来的。他们住得很安静，并没有什么野心，什么"架人"、"绑票"、"劫财"、"害命"恐怕是不曾发生罢？最显而易见的，小孩子们在地下玩得怪起劲，见了生人，纵然也呆呆地望一会儿，但从不向人磕头讨钱，做上海所有的那许多贫儿乞丐的工作，叫人家又讨厌又可怜。这大概是他们的父母不肯教他们那样做罢！

下了岭，慢慢地走进了深壑，泉水淙淙，随溪曲折，白石粼粼，清可见底。山鸟在看不见处叫，野花在没有人的地方飞；穿出几重山，始见乡镇，这一天我们行了足足九十里，大家乏了，便寻镇上一家大些的饭店歇下。

"板奶奶！今天这位外路来的先生，要弄个干净铺子给他困。"轿夫朱老大向坐在门口的一个中年妇人说。

"有的有的！让我到后面瞧瞧去。"那妇人一面说，一面用眼睛打量打量我，拉开腿一直向里跑。我看她身上着得衣裳很漂亮，大概是小客栈的老板娘罢。上身一件浅色竹布褂子，蒙了里面绸棉袄，下身是黑摹本棉裤，小足上穿一双黑缎子鞋子，虽则年纪已近卅岁，倒也不十分村俗难看。我心里十分纳罕，怎么山镇上竟也有卖弄风骚的女子，而这种女子偏偏在饭店里做主人？一会儿那妇人扭扭捏捏地走出来，招呼跑堂的把我的行李搬到后进一间厢房里去了。

厢房的对面，有一间大的房已经有人住了。吃了晚饭以后，我才看见对面住的是母女二人，另携一仆，住在前进，听茶房说，她们是要到W埠去的。

那个女的，望去好像是在W埠求学的，着了一身黄色衣履，愈显出小脸的圆白匀嫩，蓬蓬短发，覆于额角下面，系了黑印度绸短裙，一双天足上，穿的是有绊扣的圆口鞋子。她的母亲，头发已经花白了，两个人都带一点大家的风范。

天色渐渐黑起来了，我在网篮里，抽出一本《浮生六记》，就近洋油灯，身子斜靠在床铺上看。耳边听见前面许多人赌钱的嘈哄声音，忽觉得对面房间里静悄悄地一点动静没有，不免从纸窗的虚处窥视窥视，见对面房间门大开了，那位女士伏在案上写什么。——大约不是记账便是作书——她的母亲不在身边，或者到女店主房间谈天去了。我复又低下头看我的书，正看到《坎坷记愁》一段，心里十分凄楚的当儿，只听得"你是什么人？快走出去！"的叱叫声，好像是女子的声音，我赶快抽开门闩，那面有个男人，听见我开门声音，便一溜烟跑走了。我站在那位女士的房门口问是什么事，那女的又吓又羞，几乎急得要哭出来。一会儿她的母亲和男仆以及女店主都来了，她一面埋怨她的母亲，一面又露出要说感激我的话的意思。她说：

"一个不认识的男子，酒气熏人的，冲进我的房里来，一直便在我的身边走，被我一叫，这位先生从房间里走出来，他才跑走了。瞎了眼的贼！"女店主连忙赔小心，后来查出是赌博鬼兼酒鬼钱小爷，赌赌钱，朝后面去休息，却不料摸错了门路，看见女士的房间开了，就走进去，心想胡闹一回。依女士一定要向警署要求惩办他，后来我劝伊在客边不必与较，只要没有惊动女士就是了。她的母亲和我攀谈起来，才知道女士姓江，有父亲在W埠经商多年，她自己果然在女师里读书，这次回乡是看祖父母的。

次日清晨，她们先我动身，彼此各朝相背的方向走。

我坐上轿，还没有出镇口，轿夫停止了步，说是后面有人叫，果然见江氏母女的老仆，气吁吁地跑到我的轿前说："先生，我们家太太，问你先生到C城里寓在什么地方？"原来她们是C城里的大户人家，她们昨夜听我说是要到C城去，偶然忘记问我是往C城干什么的，所以特着老仆赶回来问。我顺手取出铅笔，从日记簿上扯下一张白纸，将自己的名姓和去教书的学校校名写好了，交给那个仆人，我的轿夫，便又开步向前赶路了。

清晨的山景，最有趣了！一堆一堆的似烟非烟似云非云的气体，从山峦深处，漫漫地飞出来，一会儿散得满坑满谷，不久又变作长带子，将山腰围扎起来了。四野的绿树梢头，和远远的乡村人家，都被轻雾笼罩着。坐在轿里，不觉又走了好几里，才见太阳光放射出来，渐渐儿将轻烟淡雾一齐收拾去了。我看看晓景，禁不住又低头想起昨宵的那个女郎，兀自捧了一册小日记簿子发怔。

两山壁立，中间距离，不过丈余，仅容一涧和一道依山麓凿的险径，其长约七八里。沿途有几座休憩的亭子，别的房屋便一椽也没有了。涧石上的流水声音，唱出一种凄凉调子，我身临此境，不能自遏的恐惧的心，不期然而然的战栗起来。从肩舆里，看见岩壁上刻了几个大字"钦免养马"，写得很雄健。轿夫说此地叫做南湾，我心想此地应该叫做难湾才对。古人有句诗道："峰当险处还遮日，路欲穷时又见山。"好不好姑且不管，只是确切此处的实境，不能否认的。

　　这一次的旅途中，所经见的古迹，倒也不少，写出来很麻烦且亦无趣。却是在某村中，听舆夫说的一件事，倒有点发笑。"某村中有一家广厦数百间的富户，开了五道大门，每道门内是一房，老兄弟死完了，现在承继人只剩了一个独子，于是五大房共有这一个独子，每房娶一个媳妇给他，这个独子每房过一个月，轮流照派，到月底办移交的时候，须得将这个独子用秤称一称，看看他的体重减没减，到底那一家媳妇把他养得好些，论功行赏；养瘦了，便说是媳妇供给不好，或者是戕丧他太过，照例是要罚的。"

　　从这些地方，我们可以看到内地男子的尊贵了！

　　又走了好几点钟，路上吃了两三次茶，用了一顿饭，太阳渐渐的偏西，我们便从山冈上，遥遥地望见C城了。

　　C城在万山中，是一个交通极不便的地方，我将在这里一住就是半年了。固然因为要践约的缘故，一季乃是最少数的徒刑之期，万不能半路上便分袂而去的。但我自己确也觉得东坡所谓"起居饮食与山接"，究竟是有趣味的环境哩！

　　第一天到这块寂寞场所来的时候，轿子一直抬进城，在衙门式的学校门口放下，门前一方大照壁场，左右各有一道进出的门，再进去便是红黑相间之色的一排栅栏了，号房便在栅栏的里面一间房子内，一个四十几岁的传达，一看名片，知道我是新聘的教员，态度便很恭敬的将我引进到后堂去，我的行李，自然也由轿夫搬进去了。

后堂静悄悄的没有一个人。"今天是星期么？"我带一点诧异的神气发问。"先生！不是！今天星期一哩！因为开学没几天，所以学生和教员到的还不多。"

"我的房间在哪里？"那个传达用手指指靠天井的右面一间纸糊窗门的小厢房，我就要叫他们送行李进去。

"先生请吃了面再说罢！"校役王生财果然端一碗鸡丝面进来了。自然王生财的名字，我是后来听传达叫才晓得的。传达叫做朱有德，是当衙门的底子，校中夫役，他能百唤百应，很有上司对下司的神气，我慢慢地也能观察到了。

一碗细面吃光了，我很惭愧这是第一次捧人家的碗。

房门上钉了黑底白字"教员室"的洋铁牌，我走进去，第一步是安置我的卧处和坐处。房间虽不大，却也有两个大窗子。一个对操场开着，一个对天井开着，空气倒还不错。

几个身段很高的朋友，大概是本校学生吧，从房门口与窗子口张张，仿佛嗤嗤地笑着走了，这是第一次被人藐视，他们一定是窃窃地在耻笑我的渺小了。

时候尚早，太阳还高高地悬着，第二步的举动，叫朱有德领着我，去拜望几位在校的同事。他们没有来的没有来，出去玩的出去玩去了，结果只会到了一位头发花白年纪只三十左右的算学教员程先生。"初来此地，一切的事体，要请程先生随时赐教。"

"不客气！我们……"以下的字音，都是方言，我竟辨不出了。

后来辞了程先生回到自己房里以后，我心里想，这真糟透了，怎么连受过高等教育的人，普通话也说不完全哩。同事们如是，学生们可知，社会上一般人的话更难懂了。

正在忖着，王生财把门幕一掀说："陈先生，校长来了！"

一位生得很白颀，面孔小小的，嘴上有两撇胡子的先生，走进来，我知道这便是校长张翊侯了。他一放下司的克，向我拱拱手道："陈先生，久仰久仰！"我连忙回说："岂敢。"一面便将椅子拂拂请他坐，这时校役进来上茶，我们便攀谈起来。

他请我担任的课，有史地、国音字母、论理学等，我一概都答应了。他说明天送上课时间表来，我们以外再谈别的事，看看太阳将下山，他兴辞而出，大约回公馆去了。

奇怪！从我到校那天，这位张翊侯先生来会了我一次，以后开学来一次，他的足迹便无端和学校脱了关系，后来我和他也相晤过几次，但是在某某公馆里，而并不在他自己的尊寓，听说他的家远在距城七十余里的乡下哩！

教美术兼一班数学的洪达人，是我从前中学的同学，后来我们分途求学，好久彼此不通信了。他来了以后，我精神上舒服了许多，闲的时候寂寞的苦况便能减少了一点。

上课了，因为这几门功课，很容易对付，所以平常觉得很暇逸，学生们渐渐的都能听得懂我的话，困难自然没有了。一天晚饭吃过以后，洪达人约我到一位朋友家去坐坐，一走进那家的厅堂，便看见校里当会计的吴少波。我说："吴先生！原来你就住在这里，很好，今天特来奉候。"少波连说："不敢当。"并告诉我校长张翊侯也和他同住哩。

一会儿左边正房里走出一个少妇，瘦瘦的身材，面白腮红，眉弯腰细，眼睛里汪汪的含了一大包水似的。除了头上的髻儿梳得不时髦，足缠得小小的，我认为是缺点而外，其余简直没有什么可以訾议的。"哎呀！吴先生的尊容，并不漂亮，娶了这样妇人，怕是祸水了。"我心里还暗替少波捏一把汗。吴师母招呼老妈子送上茶烟，她便抽身向后去了。

我们正谈着校内的事，外面走进几位绅士式的先生，少波告诉我们说他们是来叉麻雀牌的，我与达人也和几位绅士先生胡乱客套了一回，便相偕回校。

路上达人告诉我："吴少波的府上，差不多就是C城内缙绅先生们的俱乐部。少波的父亲吴静波是前清的游击，现在已赴某处警佐之职去了。说也可笑，静波老头子，怕少波的母亲，怕得厉害。当静波在C城内闲居的时候，年纪已经五十多岁了。他老人家零用的钱，多要向他夫人手里讨。吴夫人发钱有一定的数目，剃头二十个铜钞，洗澡十个铜钞，多一个不肯给的。所以吴静波要想在馆子里请人吃一席酒一餐饭，无论如何，是做不到的事。至于制新衣，添荤菜，家常过日子，也必要禀命而行，遇到吴夫人拂意的时候，抹下脸臭骂静波一顿，尤其是数见不鲜。静波先生在家过的老大无趣，只得托旧同僚谋一个警佐的小缺，一个人出去混了。吴老夫人也有四十好几了，穿得极其讲究，她的趣史多哩！"

达人提轻了喉咙，向我身边走拢来说道："她最近和我们张校长勾搭上了，把张扣留在她家里，天天烧鸦片给他吃，张素来好吃一口烟，哪里有这样好事，便每日在吴府睡了吃，吃了睡，学校里的事，真全不在他心上哩！"

"唉，竟有这样大的笑话，少波怎么样的态度呢？"我说。

"还不是敢怒而不敢言吗？自己亲生的母亲，有什么法子好想，古时候还有七子之母要嫁哩。"我们两人回了校以后，便各人归自己的房，预备明日功课去了。

后来我因为有一件事要找张校长接洽，传达朱有德果然领我到吴少波府上去寻他，少波不在家，我因暮生，就被有德一直引进了吴老夫人的大烟间里去了。一张大炕床上横卧了两个人，一个是张校长，一个半老妇人，怕就是吴老夫人了，那妇人手里捧了烟枪的头，把吸烟的嘴子，送在张校长口里，正在吞云吐雾情意缠绵的当儿，忽听朱有德一声"陈先生来了"的话，那张校长打了一个呵欠，恬不为怪地立了起来，一看是我，便又向我拱拱手道："稀客！稀客！"请我坐在茶几旁的藤椅上，我便向他开口，要他解决那一个重要问题，这时炕上的老妇人也立了起来，她请教我一声陈先生，我便向张问："这是不是……？"

"是少波的令堂老人家。"

我说："哦！是是！"那老妇人鼻子梁平的，嘴唇翻得很厚，头发也有几茎灰白了。话谈完了。我走出房门，看见少波的妻坐在堂前，浓妆淡抹，手里在做针工，我问了一声，"少波不在家吗？"她立起来，微笑了一笑，"不在家，刚才出去的。"几个字清清朗朗地从伊嘴里发出来。张校长送我出了大门，他大约仍缩到大烟间里去了。

C城人的赌风，极其厉害，有三大家赌场最有名，输赢总要好几百块。一家姓曹的，是大家的后裔，一家是当绅董的姓方，还有一家，便是吴府了。他们三家进出的，都是当地土豪和阔老们，不但赌穷钱的不敢上门，便有二百三百块钱也不够输，他们窝的都是纨绔子弟，或者是愚笨的土财主，所以城乡富户，在他们三家倾家荡产的很多。因为县长大老爷，常和他们家来往，自然一切的小警察，也不敢半夜上门去惊动他们了。

总算吴家的赌文明些，左右不过一些斯文先生们去赌，赌的又是扑克和麻将，不比摇滩牌九是强盗赌，常常打架闹事，还有衙门里师爷科长典狱官去赌，虽则输赢很大，却并没有捉鳖抬轿子的花色（按捉鳖和抬轿子，是暗中串通，骗另一个人的钱的意思）。

一到初更时分，便有同事约我去看牌，吴家真热闹，灯烛辉煌，人语喧杂，厅上房内，各有一两班赌，果然是衣冠整齐的朋友，一时"中锥白板""同花""吐配"的声浪，嚷个不息。我因为一来是穷措大，没有余钱可以供自己挥霍；二来生性太笨，到现在打牌不会算，打扑克不会诈，所以一去便叹几口气回校。同事们不以为我是道德观念太深，就以为我是新进的青年；不满意于旧的恶的习惯。其实惭愧得很，惭愧我到底是个弱者，住了半年，做不出什么惊人的举动。惭愧我全没有修养，读书十年，还只能同流合污，没有坚决的意志，没有感化人的精神，结果只能在深山里每日混三餐饭。

"去吧！去吧！"有一夜在枕上自己责备自己起来。耳门前忽来一阵脚步声，仿佛有五六个人。这时已夜半了，学生吗？他们出去干什么呢？我受了良心的责备，爬起身趿了鞋子向外跑，手里端着一盏灯，将灯放在厅上，一个人寻着脚步声走去，隐隐地看见厨房窗子外，两个大一点的学生，托一个身段矮小的学生，教他进窗子偷取甚么东西吧！另外一个学生捧着一盏油灯照着，厨房内火光熊熊，大概还有人在里面烧柴。我噤着声，等小学生们进去了，才叫骂起来，不然，将进未进的当儿，身子举得高高的，一嚷，嚷吓跌下来，反为不美。后来一查问，才晓得学生们半夜起来吃夜点心，进厨房取猪油，厨子出去了，门锁着没法子，只得托一个人进窗子去偷。门房和斋夫，听见我起来，他们也壮着胆子走出来，平常他们就是听见了也是不敢问的，因为学生们的拳头很厉害啊。这一夜，学生们点心没吃成，便一哄而散。

第二天早上吃稀饭，桌子上只有英文教员李先生，和国文兼公民教员王先生问问训育主任和教务主任都在外面住宿没回来。

席间和二位先生谈起来，知李先生也才到校，王先生却有三四个学期的资格了。王先生说："陈先生，谁愿在这里教书哩！我原是当绅董，平常进出衙门，和地方官接洽接洽公事，为人家打官司事体去说说情，多么舒服，多么体面。这个学堂办得又不好，当国文教员改卷子又苦，我真厌倦得很了！哪晓得我的旧同年，还有些羡慕我是洋学堂里的教习，了不起呢！其实反不及从前做'教论'好，还有许多学生进了学送礼金。"

我听得不耐烦了，再要说，他老人家又要呛咳了。正想开步走，外面拥进好几位昨夜失眠的先生，带笑带说，无非是讲的牌经和赌博的经验罢了。

这一年不知是民国纪元以后的第几年了，大约可以使我能记忆的，只因为这一年上海发生了一件惨案，我们便叫它是上海惨案纪念之年。

山乡离上海太远，待这惨案的消息，传到C城已经一个月光景了。但消息传到之后，就有一班学生上街游行，筹备款项以图援救被难的同胞。

暑天的夜里，我正在纳凉酣睡得很适意，忽然一阵锣声，使我急于匆遽间趿着鞋子出去看：前面三四个学生，都穿了白夏布长衫，手里用扇子摇，同时嘴里高呼口号道：

"请看呀！后面一个亡国奴，名叫章得胜，家里有钱，不肯拿出来救国，还要骂人啦！""汤！汤！"这一班人过去，后头有两个人，夹着一个四十多岁穿白短衫裤的，面孔黑黑的，很现出难为情的样子，双手被人缚向背后去了，背后插了一枝斩旗似的布条，大书"亡国奴章得胜"，左面一个人提了一个灯笼，右面一个人捉了章得胜的背后双手。

最后蜂拥着一大阵的人，拦挤不开，和看出城隍会的十恶一般，说说笑笑地跟着跑过去了。一时大家议论纷纷的，有的说："章得胜手边也有两个，就出几个给他们也罢了，省得出这些丑！"有的说："学生们受当地人利用，当地人有的恨章得胜不过，因此借公报私，怂恿着学生大爷有意去捣他的蛋。"

我因为这件事情太滑稽了，事后细一打听，才晓得章得胜是一个看守城门的，这次募捐的朋友，募到他家里，他一毛不拔，募捐的就向他说明中国人怎样被外国人的欺侮，和此次被惨杀的状况；不救同胞，中国将来非做亡国奴不可等等的话。

章得胜说："情愿做亡国奴，不愿出钱。"因为这一句话，所以被他们打了游街示众，原来章得胜也是一个狗才，他把守城门，最会敲乡下人的竹杠，送米进城的，他先要完一次粮，推柴推炭进城卖的，他每车总得要抽几根，比厘金局里的关狗子，更要厉害十分，所得日益积多，变出钱来，自然便成了小康了。一般小胆的乡下愚民，奈何他不得，忍气吞声的不敢告发，这一次章得胜的游街，也可以稍稍痛快人心了。

告诉我这话的，是校里的会计吴少波。少波很要和我亲近，常常引动我一道到城内大家小户去走走。有一次拖我到翟甲娘家去玩，打了一次牌。去的那一回，是晚间九点钟以后。矮矮的瓦屋房子，我们从黑洞洞的后门走进去，穿过厅堂，便到甲娘的房里。一张抽屉桌前，坐着一个娇小玲珑的少女，从煤油灯下映着，面庞儿还白净，不过轮廓儿太嫌圆了一点，耳上带了金S扣环；见了客笑容可掬的，叫她娘泡茶。我们先坐下谈了一些章得胜故事的尾声，以后便和甲娘搭讪起来了。

我注意到房间里的布置，觉得不大雅致，除了美女月份牌以外，一点字画也没有。我心里正在为她的生活默忖着，少波忽倒在她的床上去了，他们纠缠了好一会儿。

一会儿少波要打牌，甲娘自然很欢喜，她们家本来靠赌博抽头钱过活的。这可苦了我，我从来不曾打过牌，尤其是在这等人家。但是没法，凑数的人不久又到了，是少波合股开店的王本莘。打牌的时候，谑浪笑傲，毫无顾忌，甲娘的小嘴儿也很空灵。她知道我是不大赌钱的，当开牌算钱数的时候，她便先把我算好，结果是我和王本莘输了。等到回校时已经三点多钟了。

从此以后，我接连又在吴少波家和他的夫人，他的同居刘太太以及校中的一位同事打了几次，居然有点进步了。

有一次吴少波的夫人在方家打牌，我到方家找方世栋，世栋是我的旧同学，现时在家里过赌博生活了。我们往来已非一次。他的姊姊方韫玉，是南京东大女旁听生，我们畅谈过好几次，我认她是C城内数一数二的优秀分子。这次打牌，韫玉一个，世栋夫妇两个，吴少波夫人一个，世栋见我来了，硬拉我入席替他的缺，他说："谁耐烦和他们打这种小牌呢？"说着，捧着一支水烟袋站在旁边。

她们也就欢迎我入席，牌声噼啪，手指摩挲，一圈刚完，笑嗔杂作，我万不料内地世家的妇女，从前是深居绣阁，轻易不见生人的，现在居然肯完全脱去了娇羞态度，很洒落很自由的和外来男子，在一桌上打牌，其功当归之于方韫玉一班时髦学生了。

雀战一直战到下午，世栋的夫人因为有事，世栋又吸大烟去了，我们只得停了战。坐下来谈天。韫玉畅论新文化问题，因而批评到提倡新文化的人物，某某人格不完全，某某思想不彻底，最痛快的，她说现在人每每言行不符，劝人改革家庭的人，自己家庭一仍其旧；劝妇女自由恋爱应服务社会的，自己的妻女，却要严守信条，做贤妻良母。至于一面提解放娼妓的，一面私自宿窑子，一面主"一夫一妻制"的，一面又要纳个把小妾耍耍。

她说得很奋兴，我只好坐在一旁点点头。后来我们谈到文学的范围，她说从前她很喜欢诗词，近来受大学教授D先生的指道，颇爱研究戏剧了。她说：Ibsen的作品怎样怎样好，她受易氏思想的影响很大，目下对于一切问题，都持怀疑的态度。我告诉她：我最爱Wilde和Galsworthy的剧本。韫玉很得意的要我介绍几册给她，有机会再买来看看，我取笔写了几本剧本的名目，交给了她，立起身来，预备走了，偶然看见厅堂上，挂着一副对联："已从香国遍薰染，何惜题诗留姓名。"下面署了安吴包世臣的款。"好一副对文！"我心里动了一动。正忖间，少波的夫人跑来唤道："快来看好把戏！"

方韫玉和我一齐跟她走出厅堂，向厢房里走去。厢房里坐着世栋的祖母、母亲、妻、嫂，还有两个认不得的妇人，和两个经商的男子。大家围着一个三十几岁的男子，头上盖了一块大红手巾，两手摸膝，两腿发颤，一种故意装作出来的样子，一望即知其为伪，另外一个十七八岁的少年，手边抓一炷香，打圈在那男子头上画，一会儿男子胡说起来了。

"花姑娘到了酆都城了，方太太是朵芙蓉花，花钵子破了，泥土也松了。"

"什么意思？"我轻轻地问吴少波的夫人，少波夫人停了一会儿，在外厢房外面告诉我，这是"看花"的，仿佛算命看相差不多。他说男人是树上的果子，女人是枝头的花，他能预知花果的命运。譬如一个人娶妻能否偕老，他要说元宝是否成空，娶一个妻谓之得一个元宝，娶两个妻谓之得两个元宝。我没有听完，不禁大笑起来，少波夫人急得拔腿向里跑，在里面的韫玉，看那个男子的态度，一面笑，一面望外走，和少波夫人不期撞了一个满怀，又引得屋里人哄堂大笑，弄得看花的花先生摸不着头脑，停止又不好意思，不停止又难为情，只有世栋的祖母、母亲，和几个信男信女们，大不高兴，以为我们故意去扰乱他们的秩序，破坏花姑娘们的营业。

"男子汉出这种丑。"我一路笑着逃了出来。

教了两个月的书，从此常到方府上去玩，秋季韫玉病了未赴校，我的客中的寂寞，减了不少。九月初九起，一直到十月底止，这一两个月当中，我将近城廿里之内的山游遍了。有一次学生和知事衙门里卫队冲突，两下约期打恶架，我们的校长张翊侯得了消息，急得了不得，于是要我们几位教员领几班学生到玉屏山、梓山去旅行。在梓山上一无所得，只打了几斤毛栗子，吃了几片红的白的生山芋。栖真山一名西山，山麓有梅花石，岩石高峭，斑驳作绿色。听说当窦子明在这山下炼丹的时候，被一只不识相的鹿，偷丹吃了，连忙又跑了出来，后来到底心里不受用，作了几下呕，吐出这么一块大石头出来了。太白有诗道："愿随子明去，炼火出金丹。"太白未免呆得太好笑，纵使有了鹿吃丹的福气，还不是一样的不受用，一样地吐了出来了吗？

凫山要算是C县最大的山了，离城廿余里，那一次是星期日约英文教员同去的。一路上堆满了驴粪，触在鞋尖上软软地滚去。山间载货物，都是驴子的功劳。我们二人在路上还借重了它，驮我们到凫山殿，只出了六百钱的代价。凫山殿是有名的"凫山述梦"的地方，庙里有许多枕头，供人住宿用的，只要你有疑难事，便不妨把行李铺盖，搬到殿中住一宵，自然有仙人指示你的祸福之途。梦里遇神仙，是何等的幸福啊。可惜我住了一夜，结果未遇过神仙，只遇了几个壁虱：英文教员呢，半夜里一翻身，折了一只床脚，跌破了头，出了一点鲜血。

偌大有名的黄山，距离我只有百十里路，此时不去，后来机会更少了。怎奈校中同事没有一个肯与作伴的，于是折束去邀我的故乡好友孙晓江，晓江偏偏正在情场失意的当儿，回信是："黄海之游，久有此志。第时值秋深，云林萧瑟，恐西风黄叶，转益悲观，拟待开春，再作蜡屐计。"一类的话。

这一来，我真大失所望了，"入山必深"，我的足迹未到黄山，哪里便能算深山呢？

跋

友琴兄的萍踪偶记是一本很精彩的游记，他常到人家所不常去玩的地方去玩。例如，天台山上的龙潭，"不但外来游客不曾到过，便是本地土人也很少看见"；杭江道的通车，也是最近的新路线；池州也似乎很少人去游览。

《太湖》和《偷闲一日在梁溪》记的是今年我所到过的无锡。我也写过一篇《苏锡三日游》。他那两篇是十九年六月二十五日和廿四年二月十九日记的；而我的这一篇却是廿四年四月记的。彼此都不曾交换的看过文章，但不谋而合之处，却有两点：一、我们都说到太湖和西湖的壮美优美；二、我们都说到《渔光曲》的吟唱——这真是有趣；如果我不在此声明一句，我是颇有做雅贼之嫌的。

我是四川人，却一向在外边生长，压根儿不曾到过四川；友琴是安徽人，却见过四川的剑阁、温泉峡、南泉乡、大庙山、都江堰、望丛祠等处，写下游记收在这本集子里，另外还有一本《川游漫记》；寻幽探胜，令人神往：我真愧为蜀人了！

友琴平日酷嗜诗歌，所以游踪所至，屡有题咏；且多考证，以寄其怀古的幽情。另外他还编有《清人绝句选》，可以证明他这游记是由一个富于浓挚的诗意的作者倾吐出来的。你瞧，他的文笔是多么矫健、流丽而又诙谐呵！

赵景深

廿四年八月十三日